古典基礎語の世界

源氏物語のもののあはれ

大野 晋 編著

角川文庫
17555

目次

はじめに……9

I

「世間のきまり」というモノ……15

ものちかし・ものとほし　16
ものいひ　28
ものゑんじ　36
ものいみ　41
ものまめやか　50
ちょっとひと休み①　紫式部とその夫藤原宣孝　56

II

「儀式、行事」というモノ……63

ものみ　64
ものす　68
ものものし　81

ちょっとひと休み② 紫式部と藤原道長 84
III 「運命、動かしがたい事実・成り行き」というモノ……99
ものこころぼそし 100
ものさびし 105
ものし 109
ものうし 114
ものおもひ 122
ちょっとひと休み③ 『蜻蛉日記』の著者の話（一） 129
ものわすれ 134
ものを 140
ものがたり 142
もののあはれ 164
ちょっとひと休み④ 『蜻蛉日記』の著者の話（二） 189
IV 「存在」というモノ……197

奈良時代 198
平安時代 202
ちょっとひと休み⑤ ナマメカシの話 210

V 「怨霊」というモノ …… 229

おわりに …… 255

増補 …… 259
もののひめぎみ 261
もののね・もののじゃうず・もののくさはひなど 265
もののこころ 270
もののむくい・もののいろ・もののさとし 275
もののけしき 280

ものはかなし　285
ものきよげ　292
もののべ・もののぐ・もののふ　295

索引　302

古典基礎語の世界

――源氏物語のもののあはれ

はじめに

『源氏物語』を読みたいと誰しも思う。読むなら、原文で読みたい。原文で正確に読んで紫式部の表現の隅々まで精しく味わいたい。そう思っている人は多いだろう。ところが取りかかってみると、実感としては『源氏物語』は同じ古文といっても『徒然草』の何倍もむつかしい。『枕草子』よりずっとむつかしい。

読んでいくと、注釈書でも今もって的確に意味の書いてない言葉がある。そればかりか、分かったつもりで読んでいた言葉が実はよく分かっていなかったと気づくことがある。紫式部がその言葉に込めていた重要な意味を、少し極端にいえば、現代の源氏学界の常識がきちっと捉《とら》えずに見過ごしてきたと思われる場合もある。この本で扱うモノという言葉もその一つである。

モノなどとは、全く分かり切っている言葉ではないかと、怪訝《けげん》に思われるかもしれない。そんなありふれた言葉の意味など研究の価値があるのかなと思われる方々も多いだろう。

もともと古典語の中には意味のよく分からない言葉は少なくない。だが、それは特別な言葉であることが多い。例えば『源氏物語』の紅葉賀《もみじのが》の巻にある「保曾呂倶世利《ほそろぐせり》」という言葉がある。これは文脈から見て、楽曲の名であることは分かる。しかし、どんな意味なのか、どんな構成の言葉なのかということになると全く分からない。とはいっても、楽曲名であることとさえ分かれば、この文脈の意味の取り方を間違えることはない。つまり、この言葉が及ぼす影響の範囲は広くはない。古来、難語とされている言葉にはそういうものが多い。

ところがモノは独立しても数多く使われる。また、いろいろな言葉と組合わさって、あたかも接頭語のように、例えばモノサビシなどとも使われる。現在、モノはコトと並んで日本語の中心的な役割を果たしている。この二つは根本的に異なる意味を持っているのだが、数多く使われるうちに用法が重なってきて、モノといってもコトといっても通用するように思えることはしばしばある。だが、ここではモノに焦点を当てて、これを平安時代の和文を中心にして再吟味しようと思う。

いうまでもなく、モノといえば現代語では「物体」という意味を思い浮かべる。現代語の辞書にもモノの最初に「物体」とあるものが多い。これと並んで、「あいつはモノの分からない奴だからなあ」などという。これは「世間の道理が分からない奴だ」ということである。また、「世間とはそういうモノだ」とは「そういうきまりだ、お前が知らないだけだ」ということだし、「そんなことするの嫌だモノ」といえば「嫌にきまっている」という表現である。こういう「世間の道理」とか「世間のきまり」という意味は実は古典にもある。それは古語辞典にモノの一つの意味としてはっきり載っている。少し硬い表現だが引用してみると、

○モノは推移変動の観念を含まない。むしろ、変動のない対象の意から転じて、既定の事実、避けがたいさだめ、不変の慣習・法則の意を表

わす　（岩波古語辞典）

と書いてある。これは実はモノという言葉の持つ大事な根本的な意味を把握した表現で、一言で言い換えると、モノとは個人の力では変えることのできない「不可変性」を核とするといえる。「不可変性」とはいかめしい言い方だが、具体的には社会の規制・規定のこともあり、儀式・行事の運用でもあり、人生の成り行き、あるいは運命、あるいは道理などでもある。

今日では、一般にモノといえばまず物体を意味すると思われているが、それは物体も不可変な存在であると見たところからモノと呼ぶようになったと考えられる。

これらのことを、日本語の散文がようやく発達した平安時代について吟味していこうと思う。

モノの意味を、Ⅰ世間のきまり、Ⅱ儀式、行事、Ⅲ運命、動かしがたい事実・成り行き、Ⅳ存在という四つの標目のもとにまとめ、具体的に単語と文例を挙げてこれを説明する。それがいかに『源氏物語』の文章の理解に関わるか、多分読者は読み進むうちに理解されるだろう。これらの意味は単独で使われるモノにも見られるが、モノのついた複合語の意味を解釈する上で重要な役割をする。例えば、複合語モノサビシなどでは、モノは「何となく」という程度の軽い意味を添える接頭語だと見られている。ところが、モノのついた複合語とモノのつかない言葉とを対比すると、モノには明瞭な意味があったと知ることができるだろう。なお、これらと全然別と見られるV怨霊《おんりょう》の意のモノがある。

こうしてモノの意味を正確に把握していくと、平安時代の宮廷人達がいかに規則・儀式などの社会的制約に縛られて生活していたか、人生あるいは人間の運命の成り行きをどう受け取っていたか、またいかに数々の不愉快や深い恐怖感をもって日常を生きていたかなど、当時の宮廷生活とそこに生きる人々の精神の世界を垣間《かいま》見ることができるのではないか。

そんなことを心の隅に置いて頂いて、まずは、I世間のきまりという標目の中に入る言葉から話を始めることにする。最初の例はモノチカシ・モノトホシという何でもないような言葉である。

I 「世間のきまり」というモノ

ものちかし【もの近し】・ものとほし【もの遠し】

チカシ・トホシは日本語の基礎語だから、その意味は誰でも知っている。二つのものが離れている度合、あるいは隔たっている度合が小さいのがチカシ、大きいのがトホシである。これは平安時代でも現在でも相違はない。空間についてならば「端《はし》近し」「故郷《ふるさと》遠く」などと使い、時間についてならば「暁近く」「遠き世」などという。

これがモノチカシ・モノトホシとなるとどんな意味を表すか。

ここで直ちにモノチカシ・モノトホシの意味について述べてもいいのだが、まずそれに似たケヂカシ・ケドホシを考えてみる。その結果とモノチカシ・モノトホシを比較することにしたい。

ケヂカシのケは、ケブリ（煙）のケで「ほのかに立ちのぼるもの」である。ケハヒ（現代の当て字では「気配」と書く）とは本来「気這《けは》ひ」で、ケが辺りに「這い広がり漂う」ことである。だから、ケヂカシとは「気配が近い」

という基本的意味をもっている。それは具体的には「人と人の間が近い」ということである。「身近に」ともいえる。

例えば、碁敵《ごがたき》の二人は面と向かって碁を打つ。それを、次のように書いている。

①碁盤召し出でて、御碁の敵《かたき》に召し寄す。いつもかやうに、け近くならしまつはしたまふ　（宿木《やどりぎ》）

これは現代語ならば「間近に」とか「身近に」とか、さらには「親しく」といってもいい。

宇治十帖の主役の一人薫《かおる》は、夜寝る前に仏道について優れた僧と言葉を交わすことを、

②け近き御枕上《まくらがみ》などに召し入れ語らひたまふにも　（橋姫《はしひめ》）

といっている。「け近き御枕上」とは、相手を枕頭《ちんとう》に親しく召すことである。

つまり、二人だけで向き合って親密に言葉を交わすのにケヂカシという。

女三の宮《おんなさんのみや》の柏木《かしわぎ》との秘密を知った後では、光源氏は女三の宮と、

③け近くうち語らひきこえたまふ［親シク会話ヲナサル］さまは、いとこよなく御心隔たりて［心ガ離レテシマッテ］かたはらいたければ［ツライノデ］（若菜《わかな》下）

同様に解される例は他にもある。全く予期もしなかった匂宮《におうのみや》に初めて逢った翌朝、浮舟《うきふね》は自分の身元を問いただす匂宮に対して、

④その御答《いら》へは絶えてせず、他事《ことごと》は、いとをかしくけ近きさまに答へきこえなどしてなびきたるを（浮舟）

浮舟は他の事には魅力あるさまに、親しく答えをして匂宮に靡いたけれど、身元については答えなかったというのである。

こうして部屋の中に間近にいること、親しい気持を持って対するさまを表すケヂカシは、お互いに「近しい」「心安い」関係にあることを意味する。

光源氏が再度、紀伊守《きのかみ》の家に方違《かたたが》えのために泊まろうとすると、空蟬《うつせみ》はそれを聞いて光源氏の浅からぬ心を思ったが、再び逢うことには気持が乱れて、弟の小君《こぎみ》が出ていった間に、

⑤いとけ近ければかたはらいたし［近シクシスギルノデ気ガヒケル］（帚木《ははきぎ》）

といって隠れてしまった。

また、玉鬘《たまかずら》は年はいっていたが、男女の仲を知らない上、近寄る男への応対の仕方、既に男を知っている女性が男を否むときの気持の示し方も分からないので、光源氏があれこれと言葉をかけてくることに対して、

⑥これよりけ近き［モット親シイ］さまにも思《おぼ》し寄らず、思ひのほかにもありける世［男女ノ仲トハ意外ナモノ］かなと嘆かしきに、いと気色《けしき》もあしければ（胡蝶《こちょう》）

玉鬘は体の具合が悪いように見えた。

ケヂカシとは単に「親しい」だけではない。玉鬘は鬚黒《ひげくろ》と意外な結婚の関係に立ち至ったことを回想して、

⑦その昔も、け近く見きこえむとは［鬚黒ト結婚スルコトニナルトハ］、思ひ寄らざりきかし（若菜下）

といっている。

ケヂカシはまた人の性格にも使われている。ケヂカシと繰り返し形容された人物は玉鬘である。

⑧人ざまのわらかに［快活デ］、け近くものしたまへば　（蛍《ほたる》）

⑨心ばへのかどかどしく［才気ガアッテ］け近くおはする君にて　（若菜下）

この「心安い」「親しみやすい」意味のケヂカシは、近江《おうみ》の君《きみ》にも使われた。

⑩顔様《かほやう》、け近く愛敬《あいぎやう》づきて　（常夏《とこなつ》）

これに反して、末摘花《すえつむはな》にはケヂカキ性質が無いという。

⑪すこしけ近う、今めきたるけをつけばやと［付ケタイモノダト］　（末摘花）

このようなケヂカシの意味の基本はチカシ（近し）にある。それにケ（気配）の意を加えることによって、親しく間近にいることから、心安い性格までを表現した。

ケドホシは、ケヂカシの反対の概念だから、現代の言葉でいえば、「人の気配が遠い」わけである。

⑫いと狐の住《す》み処《か》になりて、うとましうけ遠き［人ノ気配ノ無イ］木立に　（蓬生《よもぎう》）

⑬［朝顔《アサガオ》ノ姫君ハ］昔よりこよなうけ遠き［親シミニクイ］御心ばへなるを　（朝顔）

⑭［内大臣《ウチノオトド》ガ］姫君［雲居雁《クモイノカリ》］はあなたに渡したてまつりたまひつ。［夕霧《ユウギリ》ニ対シテ］しひてけ遠く［疎遠ニ］もてなしたまひ　（少女《おとめ》）

このようにケヂカシ・ケドホシの意味は、単なるチカシ・トホシにケが加わることによってかなり変わってくる。

では、モノチカシ、モノトホシとはどんな意味か。

辞書を見ると、モノチカシに対しては「そば近い。まぢかである」、モノトホシに対しては「遠い。遠く離れている。よそよそしい。疎遠である。他人行儀である」（日本国語大辞典）とある。これは、それぞれの使われた文脈に適《かな》うような口語訳を並べたものにすぎない。モノが加わったことで、チカシ・トホシあるいはケヂカシ・ケドホシとどう違うのか明らかでない。

『源氏物語』のモノチカシ・モノトホシを理解するには、ここで平安貴族社会の一つの慣習を知っている必要がある。平安貴族社会の女性は、生まれたときから、むやみに人に顔をさらさず、女房達にかしずかれて育つ。貴族の女性は長じて人と言葉を交わす際、几帳《きちょう》の奥にいる。来訪者に直接顔を会わすことはない。来訪者は相手の女性の居る部屋から遠く離れたところに座って言葉を述べる。それを聞いて女房が几帳の中の女性に取り次ぐ。その返事を、また女房が来訪者へ取り次ぐ。もし親族であれば、「内外《ないげ》を許さる」というきまり言葉があるように、娘の居る部屋に入って行って顔を会わせて会話することができた。しかし、来訪者にはそれはできない。だから、恋心を抱く男性はそのお姫様の肉声が聞きたい、几帳に間近に進んで言葉を交わしたいという熱い希望を抱く。男性同士でも、相手が貴族だと縁の薄い者は直接に顔を見て言葉を述べることはできなかった。これは社会的な規律であり、慣習であり、宮廷の人間にとって「変更不能なきまり」であった。

このことを心得て、モノチカシの例に入ろう。

自分が藤壺に近づいた結果、何事が生じたかを心得ている光源氏は、我が子夕霧が成人に至ると、夕霧の継母に当たる紫の上に決して近づくことのないようにと心を配って、紫の上の部屋の御簾《みす》の前にすら近寄らせなかった。

⑮上の御方には［紫ノ上ニ対シテハ］、御簾の前にだに、もの近うもてなしたまはず　（少女）

この場合の「もの近う」を直訳すれば「隔たりを近く」となるだろうか。次の例を見るとそれがはっきりするだろう。

⑯［明石中宮ノ《アカシノ》］女一《をんないち》の宮《みや》も、［母親ニ似テ］かくぞ［美シク］おはしますべかめる。いかならむをりに、かばかりにてももの近く［隔タリ近ク］御声をだに聞きたてまつらむ、と［薫ハ］あはれにおぼゆ　（総角《あげまき》）

こんな気持でいても、薫は女一の宮に近づくことはできなかった。

次は夕霧が父親光源氏と玉鬘との様子を覗き見するところである。夕霧は源氏が玉鬘のことをいろいろと話すので、何とかして玉鬘の顔を見たいと思い続ける気持から、暴風の翌朝、隅の間のきちんとしつらえてなかった御簾の几帳の隙間をそっと引き開ける。家具が片付けてあるので部屋の中がよく見える。光源氏は昨夜の暴風の見舞にかこつけて、玉鬘の近くに座り、冗談などを親しく交わしている。この二人は世間的には親子だから直接口をきくことはあるのだが、夕霧は驚いてしまった。

⑰かく戯《たはぶ》れたまふけしきのしるきを、怪しのわざや、親子と聞こえながら、かく懐《ふところ》離れず、もの近かべき「隔タリガ近クアッテヨイ」ほどかは、と目とまりぬ　（野分《のわき》）

モノチカシの例はこの三つである。ここではそれを「隔たりが近い」と訳した。別にモノに「隔たり」という具体的な意味があるわけではない。その隔たりは、平安貴族の社会では、男女の間で守るべき規律であり、習慣である。モノは「守るべき社会的規則」を意味した。確かに、ケチカクも「近く」という意味を軸としている。しかしモノチカシというとき、「社会の規律として」という、違反してはならないという気持がそこに含まれてくる。ケチカシは碁敵が同じ部屋の中で親しく言葉を交わすときに使われた。モノチカシとケヂカシの相違はここにある。これはモノトホシを見ることによって鮮明になるだろう。

玉鬘は柏木を初めて南の正面の御簾の前に通した。しかし柏木に対して、

⑱みづから聞こえたまはんことはしも［言葉ヲ交ワスコトハ］、なほつつましければ、［女房ノ］宰相《さいしやう》の君《きみ》［ヲ仲介ト］して答《いら》へ聞こえたまふ。［柏木ハ］「［父内大臣ガ］なにがしらを［私ナドヲ］選びて奉りたまへるは［使者ニオ遣ワシニナッタノハ］、人づてならぬ［人ヲ介スルコトノデキナイ］御消息《せうそこ》にこそはべらめ。かくもの遠く［隔タリ遠ク］ては、いかが聞こえさすべからむ……」（藤袴《ふじばかま》）

と言っている。

次は夕霧が落葉《おちば》の宮《みや》を訪れたときのことである。落葉の宮は奥の方においでになるが、身じろぎをなさる衣擦《きぬず》れの音によって、あの辺りにおいでらしいと夕霧は耳を立てている。心も空に座っていると、自分の言葉に対するお返事を女房が伝えに来るまで少し時間がかかる。その時、夕霧は落葉の宮の

女房に不満を訴える。

⑲［夕霧ハ］「かう参り来馴れ［御言葉ヲ］うけたまはることの、年ごろといふばかりに［何年トイウバカリニ］なりにけるを、こよなうもの遠う［格別隔タリ遠ク］もてなさせたまへる恨めしさなむ。かかる御簾の前にて、人づての御消息などの、ほのかに聞こえ伝ふることよ［人伝《ヒトヅテ》ノ御挨拶ナドヲ、ワズカニ申シ上ゲルナンテ］。まだこそならはね［今マデ出会ッタコトガアリマセン］……」とのたまふ　（夕霧）

⑳［薫ニ重ネテ言イ寄ラレタ大君《オオイギミ》ハ］思はずに、ものしう［不快ニ］なりて、ことに答《いら》へたまはず。けざやかに［ハッキリト］いともの遠く［隔タリヲ遠ク守ッテ］、すくみたるさま［硬クナッタ様子］には見えたまはねど、今様の若人たちのやうに、艶《えん》げにももてなさで　（椎本《しいがもと》）

このようにモノトホシは近づきすぎることに対する否定、社会の慣習としての制限によって保たれる遠さである。

モノトホシは男と男の間にも使われた。身分の低い者は、高貴の男性に間

近く寄って顔を見ることはできなかった。だから、須磨《すま》の荒れた住居では、そうした低い階層の人も、

㉑おのづからもの遠からで［隔タリ遠クナクテ］ほの見たてまつる［光源氏ノ］御さま容貌《かたち》を、いみじうめでたしと涙落しをりけり　（須磨）

ということもあった。また若い光源氏と頭中将《とうのちゅうじょう》が源典侍《げんのないしのすけ》のことでふざけあった翌朝、昨夜のことはお互いの秘密であるから、何事もなかったように、

㉒いと静かに、もの遠き［当然ノ隔タリヲ守ッタ］さましておはするに、頭の君［頭中将］もいとをかしけれど　（紅葉賀）

右に挙げた八例がモノチカシ・モノトホシの全てである。これらを通して見れば、モノは軽く無意味に、あるいはナントナクという意味で添えられた言葉ではない。雰囲気として近いとか、遠いとかいうものでもない。二人の人間の間に存在する距離が、社会の規制・定めであるということが、モノによって表されている。ケヂカシ・ケドホシでは、その意味がケ＝雰囲気・気配から出発したが、モノチカシ・モノトホシでは、「動かしがたい社会的な

慣習」という意味のモノがチカシ・トホシを限定している。

ものいひ【もの言ひ】

相撲《すもう》でモノイイという。行司の勝負判定に対する異議申し立てである。このモノとは何だろう。

モノイヒは『源氏物語』にも多くの例がある。よく知られた雨夜の品定めに登場した左　馬　頭《ひだりのうまのかみ》はいかにも女性を知っているという口振りであれこれと論評する。

上流の社会には、どんないい女性がいるのか、そこは私の手が届かないところですから別として、中流の家にはなかなかいい女性がいるものです。とはいえ、この人一人を自分の妻にしたいと思うと、その選択はとてもむつかしい。まあこの人と見定めた女性ならば、たとい全て思い通りとはいかなくても縁があったのだからとその人に心を決めるのは相手の女性のためにも、いい人柄の男だと思われるでしょう。しかし、女性というものは、優しく女らしいと見えても、男がいつも機嫌をとっていると妙に色めいたりします。それですから、男女の気持のやりとりにあまり敏感な人も考えものです。それでも専ら家事にかかりきりで、男の社会のこと、男の気持のこまかい動きが何も分からない女性では残念というものですね。その他さまざまに述べ立てて、

①隈《くま》なきものいひも〔隅《スミ》カラ隅マデノ論評モ〕、定めかねて、いたくうち嘆く〔結論ハ出セズジマイデ長嘆息スルバカリダッタ〕（帚木）

つまり、こういう女性ならこういう結果になるものだという「きまりを口にする」のが、この場のモノイヒである。

モノイヒとは、対象に対して憚《はばか》るところなく、あからさまに言葉を発することだから、批評を受ける側の身にとっては、何とも煩わしく心安からず感じられる。そんな憎らしい言葉をずらずら口にのぼせる人はもともと性分がよくないのだと誰しも反撥する。『源氏物語』では、その発言に対して「さ

がなし［生マレツキ性分ガ悪イ］」という判定を下している。モノイヒはたいてい宮廷の女房達が口にする噂であるが、単に話題にのぼせるのではない。何らかのモノ（きまり）に基づいて、つまり何らかの世間の価値判断の基準を楯《たて》にとって、他人の言動を論評したりすることである。

だから、光源氏が隠していた女性関係の事実を世間の基準という目で見て、こまかにあからさまにしたことを語り手自身は、

②あまりものいひさがなき罪避《さ》り所なく［アマリ口ノ悪イコトバカリ申シ上ゲテ相済ミマセン］（夕顔《ゆうがお》）

と草子地で言った。こんなことをあらわにしたのは皇子さまに対して守るべき節度を越えた人物批評になってしまったことに反省の気持があると語り手として言い添えたわけである。

いま一つ少し変わったモノイヒの例を挙げよう。夕霧の娘の六の君と一夜を過ごして戻ってきた夫匂宮は、中の君の昨夜泣いて目を赤くしたあとを見て、自分も涙ぐみ、言葉数多く、あれこれと中の君を慰めた。しかし、中の

君は泣いてしまった。いつもはこんな姿をお見せしまいと紛らわすのだが、今日は胸につもることが多くて、隠しきれない涙が恥ずかしく、背を向けていると、匂宮は強いて中の君の顔を自分に引き向けて、「いつも申し上げることを信じてくださるかわいい人と思っていましたが、やはり隔ての心をお持ちだったのですね。さもなければ、一夜のうちに心変わりをなさったのですか」と御自身の袖で中の君の涙を拭《ぬぐ》ってあげた。中の君は言葉を返した。「「一夜のうちに心変わり」とおっしゃる御言葉で本当のお気持が推し量られます」。そう言って中の君は少しほほ笑《え》んだ。匂宮は言った。

③げに、あが君や、幼《をさな》の御ものいひやな［ホントニ、カワイイ人ネエ、子供ジミタ理屈ヲオッシャルコト］。されどまことには心に隈《くま》のなければ、いと心やすし［ダケド私ハ本当ニ心ニ何モヤマシイコトハアリマセンカラ、安心デス］　（河内本宿木）

匂宮が、ここでいう「幼の御ものいひ」とは、世間のキマリを楯にとる発言だという意味ではない。匂宮は自分の言葉が逆手に取られたので、言い負けまいと「何とかわいい理屈を」とそれを軽くいなしたのである。

先の左馬頭の場合には、モノイヒによって女性はこういう存在だというきまりを述べた。『源氏物語』の語り手は女房であるという立場から、必ずしも賛意を表しかねる皇子光源氏の言動を暴露し批評に及んだことを「あまりものいひさがなき罪」といった。匂宮は中の君の悲しい抗議を「幼の御ものいひ「理屈」」と言い返した。モノイヒはこのような意味を持っていた。『源氏物語』ではモノイヒとは「世の人のものいひ」「人のものいひ」と使うことが多く、宮廷の女房達や世間の人が世の常識を後楯としてさまざまの発言をする場合が半分以上を占め、モノイヒとサガナシの結合した例はモノイヒの半分に近い。

だから、社会的に地位もあり、人々の付き合いにも心を配る人は、たやすく女房などのサガナキモノイヒの対象になることを避けようとした。

浮舟の姿を見かけて心を引かれたのだが、中将（妹尼の亡くなった娘の婿）は、すぐさま浮舟に言葉をかけようとはせず、「何匂《にほ》ふらん「コンナト

コロデ何ガ匂ウノダロウ」」などと古歌を口ずさんでそこで立ち止まったままでいた。それを見て、

④「人のものいひを、さすがに思しとがむるこそ［見テイル女房達ノロウルサイ批評ノ種ニナルコトヲ、サスガニ心ニカケテオイデニナル］」など、古代の人どもも［年カサノイッタ女房達］は、ものめでをしあへり［型通リノ賞讃ノ言葉ヲ交ワシタ］（手習《てならい》）

とある。

こう見てくると、現代の相撲のモノイイは、直訳すれば「規定を言い立てること」。つまり、勝負の判定が果たして規定《モノ》に合致しているかどうかの再検討を求めることである。

これまではモノイヒという一個の名詞としての意味を取りたてたが、もともとこれはモノとイフの二語の結合によって成立したのだから、モノ（ヲ）イフという動詞としての使い方もあった。例えば、夕霧が大学の文章道《もんじょうどう》に入

門するときに、字《あざな》をつけてもらう儀式があり、集まった人々に文章博士が「静かにしなさい」と警告を出した。そのことを、

⑤いささかものいふをも制す　（少女）

とある。これなどは単に「言葉を口に出す」「口をきく」というほどの意味といえる。しかし、近江の君が内大臣に初めて会って話をしたとき、

⑥［近江ノ君ハ］いと鄙《ひな》び［田舎者デ］、あやしき下人［卑シイ下級ノ人］の中に生ひ出でたまへれば［オ育チナノデ］、ものいふさま［言葉ノ使イ方］も知らず　（常夏）

とある場合などは、単に「言葉の使い方」でも分かるが、ここではモノの基本的意味が生きていると考えて、「正しい言葉の使い方」と受け取る方がいいだろう。

大体、モノイフという動詞は「ものも言はず」「ものも言はれず」の形で使われ、「言うことが不可能だ」という意味を表す型が半分以上を占めている。この型には特徴がある。

それは「もののも言はず」「もののも言はれず」とあるときには、それと共に「あきれて」「あさましきに」「苦しさに」「胸いたければ」「心憂の世やと」などの言葉があり、また「ただいみじう怒れる気色にもてなして」などともある。つまり、心理的に強い衝撃を受けた結果、つまってしまって何とも言葉を発することができない場合が大部分を占めている。したがって、モノイフのモノは単に「言葉」を指すというのでは足りず、「まともな言葉が発せられない」「きちんとした言葉が口から出ない」という意味と取るべきものが多い。

モノイヒといったときには、「世間のきまりを楯にとって批評的な言辞を弄《ろう》すること」であった。そのときはモノが本来保っていた「きちんとしたきまり」の気持が生きていた。モノイフとなると「まともな発言」「整った発言」という色彩が濃かったということができる。

ものゑんじ【もの怨じ】

人は恨んだり、嫉妬《しっと》を感じたりしても、それを表にあらわさず、心に溜めていることがある。それをウラムという。それに反して、ヱンズは相手の仕打ちに対して、腹立ちや不満の気持を、言葉や態度にあらわすことをいう。

例えば、光源氏がもらった、女性からの手紙を頭中将が見たいと言ったときに、さしさわりのないものしか見せようとしない源氏に、普通の手紙なら自分でもやりとりしますよと、頭中将は、

①「おのがじし［相手ノ女性ガソレゾレ］うらめしき［光源氏ヲ恨メシク思ッテイル］をりをり、［ソノ来訪ヲ］待ち顔ならむ夕暮などの［手紙］こそ、見どころはあらめ」とゑんずれば（帚木）

ここでいうヱンズとは、恨み言をはっきり口にすることである。

末摘花の叔母は末摘花を九州に連れて行こうと誘《いざな》うが、末摘花は応じなかった。叔母は恨み言を口にのぼせる。

②「あな憎《にく》。ことごとしや［マア御大層《ゴタイソウ》ナ］。心ひとつに思しあがるとも［御自分独リ思イアガッテイテモ］、さる藪原《やぶはら》に年経《へ》たまふ人［コンナボロ屋ニ住ンデイル人（末摘花）］を、大将殿［光源氏］もやむごとなくしも［大切ナ人トモ］思ひきこえたまはじ」など、ゑんじうけひけり［恨ミ言ヲ口ニ出シテ、嫌味ヲ言ッタ］　（蓬生）

次は雨夜の品定めの折に、左馬頭が説く女性論である。

③［女ハ］すべて、よろづのこと、なだらかに、ゑんずべきことをば［恨ミ言ヲ口ニシテモヨイヨウナコトニツイテハ］、見知れるさまにほのめかし、恨むべからむふしをも［心ニ深ク恨ミニ思ッテイソウナコトデモ］、憎からずかすめなさば［憎イト感ジサセナイヨウニカスメテ言エバ］、それにつけて、あはれも［カワイサモ］まさりぬべし　（帚木）

このようにヱンズは腹立ちや不満を形で人に見せることをいう。これに対し、モノエンジのモノは「世間で決まっている、型通りの」の意で、男と女との間で、世間によくあるように女性が男性の不実を感じて嫉妬したり、恨み言をはっきり口にしたりすることをいう。例を見よう。

光源氏から初めて明石の君母子のことを知らされた紫の上は源氏に裏切られたという思いを抱く。遠く下った須磨や明石から寄越した度々の手紙は源氏の慰みでしかなかったのか。これに対する紫の上の反応はこういう場合の世の女性の型通りのものであった。少なくとも源氏にはそう見えたのであろう。源氏は箏《そう》の琴を弾き、紫の上にも勧めるが、

④かの［明石ノ君ガ、箏ノ琴ニ］すぐれたりけむも［上手ダトイウノモ］ねたきにや［ネタマシイノカ］、［紫ノ上ハ］手も触れたまはず。［紫ノ上ハ平素］いとおほどかに、うつくしうたをやぎたまへるものから［シナヤカデイラッシャルモノノ］、［今度ハ］さすがに執念《しふね》きところつきて、ものゑんじしたまへるが［世間ノ型通リニ嫉妬ノ感情ヲアラワニシタコトガ］、なかなか［カエッテ］愛敬《あいぎやう》づきて、腹立ちなしたまふを、をかしう見どころありと［光源氏ハ］思す（澪標《みおつくし》）

中の君の例も見よう。匂宮が浮舟に関心を持つのを中の君は不安に思う。

⑤［中ノ君ハ浮舟ガ自分ノ異母妹ダトハ、匂宮ニハ］いとほしながらえ聞こえ出でたまはず。［カトイッテ］ことざまにつきづきしくは［別ナ風ニモットモラシクハ］、え言ひなしたまはねば［言エナイノデ、中ノ君ハ思イヲ胸ニ］おしこめて、ものゑんじしたる［世間ノ型通リノ恨メシゲナ態度ヲスル］世の常の人になりてぞおはしける　（浮舟）

ここにははっきりと「世の常の」とある。つまり、これがモノヱンジのモノの意である。

浮舟は横川《よかわ》の僧都《そうず》の妹尼の所に連れられて行った。妹尼の亡き娘の婿である中将が浮舟の尼姿を見てどういう人かと不審に思う。

⑥その人かの人の［誰々ノ］むすめなん行《ゆ》く方《へ》も知らず隠れにたる［トカ］、もしはものゑんじして世を背きにける［世間デヨクアル嫉妬カラノ出家ヲシタ］など、おのづから隠れなかるべきを［人々ノ噂ガ自然ト耳ニ入ルハズナノニ］　（手習）

女の出家の動機が、男の女性問題にあるという例は当時結構あったようだ。

次の『枕草子』の例も女性の嫉妬である。

⑦むとくなるもの。……人の妻《め》の［人妻ガ］すずろなるものゑんじして［深クモ考エズニヨクアル嫉妬カラ余所《ヨソ》ニ］かくれたるを、［男ガ］かならずたづねさわがんものぞと思ひたるに、さしもあらず、のどかにもてなしたれば［ノンビリト抛《ホウ》ッテオイタカラ］、［女ノ方モ］さてもえ旅だちゐたらねば［ソノママ余所ニ泊マッテイルワケニモイカズ］、心と［自分ノ方カラ］出で来たる　（枕草子・一二五段）

これを「むとく［恰好《カッコウ》ガツカナイ］」と清少納言はきめつけた。

モノヱンジに類似した表現であるモノウラミ・モノニクミ・モノネタミも、いずれもモノは「世間で型通りの」の意味である。例の大半が男女間の問題で、女性側が抱く感情の表明である。

ものいみ【物忌】

この言葉は平安時代の公卿《くぎょう》の日記に「物忌《ものいみ》」として数多く見えるし、『源氏物語』にもしばしば見られる。これが禁忌を表すことは誰にも分かりやすい。それはイミ・イム(忌)という言葉が現代にも生きているからだと思われるが、さてモノイミといった場合のモノとは何なのか。

まず、イミ・イムの意味を見ておこう。これは「死の穢《けが》れ」に関わるものが最も多い。

①［光源氏ニトッテ］穢《けが》らひ［夕顔ノ死穢《シエ》］忌みたまひしもひとつに満ちぬる夜《よ》［一月《ヒトツキ》ノ穢レノ禁忌ノ期間ガ過ギタ夜］なれば……内裏《うち》の御宿直所《とのゐどころ》に参りたまひなどす　　　　（夕顔）

②［浮舟ノ死ノ穢レニ直接的ニ関ワッテイナイノデ］いたくしも忌むまじき穢らひなれば［厳シク慎マナクテヨイ穢レナノデ］　　（蜻蛉《かげろう》）

殊に名詞イミは「忌中」と訳すべき例が『源氏物語』では二十三例中十五

例を占めている。つまり「遺体に対する忌避」が、「遺体に対する忌避を行う期間」を表すようになったわけである。

③［八ノ宮ノ］御忌《いみ》［忌中］はてても、［忌中ノ間ト同様ノ誠意ヲモッテ、薫ハ］みづから参《ま》うでたまへり　（椎本）

死穢との接触は、誰にとっても禁忌である。しかし、死穢以外でも、死穢と同様、社会の慣習として禁じられ、誰もが避けるべき事柄があった。具体的には、

④［中ノ君］今は入らせたまひね。月見るは忌みはべるものを　（宿木）

ここでは、月を見ることを老女房がとがめている。月見を禁忌とするのは、

⑤ある人の「月の顔見るは忌むこと」と制しけれども　（竹取物語）

⑥月をあはれといふは忌むなりといふ人のありければ　（後撰《ごせん》和歌集・六八四詞書）

のように、いろいろの作品に見られる。それが当時の慣習だった。

他に忌避すべき言動としては『源氏物語』を例に取ると「受け取った手紙

を送り返すこと」とか「結婚三日目の夜を祝う餅を献上する際に相応《ふさわ》しくない言葉を用いること」などがある。

また、避けるべきことの中には不吉な方角も含まれている。

⑦「今宵《こよひ》、中神、内裏よりは［左大臣家ノ方角ハ］塞《ふた》がりてはべりけり」と聞こゆ。「さかし［ソウダネ］。例も忌みたまふ方《かた》［方角］なりけり。二条院にも同じ筋［方角］にて、いづくにか違《たが》へん［ドコニ方違《カタタガ》エヲショウ］。いと悩ましきに」とて、［光源氏ハ］大殿籠《おほとのごも》れり（河内本帚木）

不吉な方角へ行くことは禁忌だから、このように「方違え（一旦別の方角の所へ行って、そこから目的の所へ行くこと）」をする。つまり、特定の方角もまたイミの対象となっている。

ではモノイミのモノとは何なのか。類似の構成を持つ言葉を求めてみよう。モノイミの語構成に最も近い語はコトイミである。『源氏物語』には計十例あるが、コトには二つの意味がある。

⑧［浮舟ハ二条院デ匂宮ニ迫ラレタ件ヲ］つつましくおそろしきものに思し

とりてなん、ものうきことに嘆かせたまふめる……と［新年ヲ祝ウ手紙ナノニ］こまごまとこと忌みもえしあへず　　（浮舟）

新年はめでたいときだから、不吉な言葉を避けるべきなのに、それに気づいていないという。ここでのコトは「言葉」である。

⑨［光源氏ハ］涙のほろほろとこぼれぬるを、今日はこと忌みすべき日［薫ノ五十日《イカ》］をと、おし拭《のご》ひ隠したまふ　　（柏木）

薫の誕生の五十日目を祝う日であるにもかかわらず、その出生の秘密を思うと光源氏は涙をこぼした。これは祝いの日には似つかわしくない不吉な行為である。右のコトは「事」の意を持つ。

コトイミのコトは「言・事」のどちらとも定めかねる例もあるが、いずれにしろ、その場その場のコト（言・事）をイムことである。このようにコトは名詞として、言葉とか行為とかの明確な意味を持つ。したがって、モノイミのモノも何か特定の意味を持つと考えるべきだろう。

既にモノチカシ・モノトホシ・モノイヒの例によって、モノには社会の

「きまり、制約」といった意味があることを明らかにした。モノイミのモノは、それと同じく「一定のきまり」という意味ではなかろうか。

それではモノは一体何のきまりであるのか。結論を先にいえば、それは「陰陽道《おんみようどう》」のきまりである。陰陽道は中国渡来の考えで、暦法・天文・占術などを扱い、陰陽五行の説に基づいて吉凶の判断を下した。まず暦法に表れている例を挙げよう。

『小右記《しようゆうき》』の記事によると、万寿四年九月十六日（癸丑《みずのとうし》）に関白藤原頼通《ふじわらのよりみち》の妹、皇太后妍子《けんし》の葬送が行われた。その翌日の記事に、

⑩去《イヌル》夜皇太后御葬送……内大臣已下《いげ》相従、関白［藤原頼通］衰日《すいにち》御物忌云々

（小右記・万寿四年九月十七日）

とある。類例が少ないのではっきりは言い切れないが、ここに「衰日御物忌」とあるのは、多分、藤原頼通が「衰日」という「物忌」の日に当たったため、妹妍子の葬送に参加できなかったことを意味していると思われる。

衰日とは「陰陽道において慎むべきとされた日取り」のことで、この場合

は年齢によって毎年変わる行年《ぎようねん》衰日に当たっていた（衰日の種類としては、生まれ年の十二支によって一定している生年《しようねん》衰日というものもあった）。つまり、万寿四年は頼通は三十六歳で、丑と未《ひつじ》の日が行年衰日に当たっていた。妍子の葬送を十六日とするとそれは癸丑の日だから、頼通にとっては丑と丑が重なってモノイミに当たる。したがって外出できない。この葬送の日取りは、頼通の父藤原道長《みちなが》と暦博士賀茂守道《かものもりみち》との間で決定されたことが『栄花物語』に書いてある。暦博士とは陰陽寮に置かれた暦法の教官で、暦作成の任にあった。この人物が暦法に基づき、関白である頼通が妹の葬送に不参加でも仕方がないと決定するだけの力を持っていた。また、

⑪「暮《くれ》には疾《と》く［清涼殿ニ］上《のぼ》らせ給へ。明日明後日《あすあさて》物忌に侍り。［私（一《イチ》条《ジヨウ》天皇）ハ］御方《かた》［彰子《シヨウシ》ノ部屋］にはえ参るまじ」とて渡らせ給ひぬ
（栄花物語・七）

のように、日程が予め決定しているモノイミが多数ある。これは暦法との関わりによってモノイミの日取りが決定されていたことを示すものであろう。

方角に基づくモノイミも、陰陽道の思想によるものだった。その例を見よう。

⑫「方《かた》［方角］はいづかたか［ドッチガ］塞《ふた》がる」と［藤原兼家《カネイエ》ガ］言ふに、［道綱母《ミチツナノハハ》ガ日数ヲ］数ふれば、むべもなく［思ッタ通リ］、こなた［道綱母邸ガ］塞がりたりけり。……「［コッチノ］方《かた》［方角ガ］あきなばこそは［忌ミノ方角ニ当タラナクナッタラバコソ、道綱母邸ニ］参り来《く》べかなれと思ふに、例の［中神《ナカガミ》ノ］六日《むゆか》の物忌になりぬべかりけり」など、［兼家ハ］なやましげに言ひつつ出でぬ　（蜻蛉日記・天禄二年六月）

　特定の方角をイミとみなし、方違えが行われていたことは先の⑦の例で見た。ここではその方違えをモノイミといっている。方角は暦法同様、十二支などを指標として体系づけられている。だから、方角にまつわるモノイミも陰陽道のきまりによっていた。それは社会の慣習として単にイミといえば通じるほど、一般的なことであった。

⑦の例に「中神」という言葉があったが、「［中神トハ］天一神《てんいちじん》の俗称。陰

陽道で方角神の一つ。己酉《つちのととり》の日に天から下って東北隅に六日、乙卯《きのとう》の日に正東に移って五日、というように順次に八方を回り、四方には五日ずつ、四隅には六日ずつの計四四日地上にあって、癸巳《みずのとみ》の日に正北から上天、一六日を経て己酉の日に再び下って前の順に遊行する。この神の遊行の方角を塞《ふたがり》といい、その方角に向かってことを行なうことを忌む。また、この神が天にある一六日間は四方いずれへ出かけて行っても障りないとする。この禁忌は平安時代に特に流行し、当時行なわれた方違えには、この神のいる方角を避けるためのものが多い」（日本国語大辞典）とある。このように、中神による禁忌の日数は五日もしくは六日なので、右に挙げた『蜻蛉日記』の「六日の物忌」、そして『源氏物語』の「今日は六日の御物忌あく日にて」（松風《まつかぜ》）というのは、中神によるモノイミと推測していいだろう。

それから陰陽道は、天文にも携わっていた。天文に関わるモノイミの例としては、

⑬内にも、物のさとしなどもうたてあるやうなれば、御物忌がちなり

（栄花物語・一二）

がある。ここでの「物のさとし」とは、『小右記』長和四年十二月八日条に「歳星［木星］、天ヲ経《ワタ》ルハ不聞ノ変云々」とあるのに即応する。この記事に続いて、歳星が天を経ると、中国の晋《しん》の安帝の御世には兵乱が起こり、恵帝の御世には王が替わったという例が挙げてある。このように天文の異変は不吉の前兆と捉《とら》えられ、モノイミとされた。

さらに陰陽道は占術にも関わっていた。宇治川の対岸の家で匂宮と浮舟とが密会したとき、それを知られまいとする口実として、

⑭「いと恐ろしく占ひたる物忌により、京の内をさへ避《さ》りてつつしむなり。外《ほか》の人寄すな」と［匂宮ノ従者ノ時方《トキカタ》ハ］言ひたり　（浮舟）

この場合のモノイミは占いによるものである。もし、モノイミが暦法だけによるとすれば、それは公開されているから誰にでも分かることだったので、もし偽ってモノイミだと言っても嘘はすぐに露見してしまう。しかし、占術の結果のモノイミと言えば他人には分からず、それはさまざまに利用できた。

以上のことから、モノイミとは、暦法・方角・天文・占術に関わる禁忌で、陰陽道の原則によって決定されることが理解されよう。つまり、モノイミのモノとは「陰陽道におけるきまり」と考えられる。物語の中に、モノイミはよくあるが、何によるモノイミなのかという記載は極めて少ない。それは単にモノイミといっただけで、当時の人々には「陰陽道に関わるイミ」であることが認識できたからであろう。このように平安宮廷社会のモノイミ、陰陽道のきまりに基づく禁忌は、生活の基盤となる暦や方角を支配し、天文の異変によっては国家の大事が起こると奏上できるほどの権威を持っていた。

ものまめやか

モノマメヤカについて考えるには、マメヤカとはどのような意味だったかから見る必要があるだろう。マメヤカのマメはまじめ、実直ということで、ヤカは接尾語である。マメヤカといえば、心がこもって誠実なさま、実意がある状態をいう。

若い光源氏は北山で美しい少女（後の紫の上）を見かけた。いつも心に掛かっている藤壺に生き写しのようだった。光源氏はどうしてもこれを我が妻にしたいと思い、少女の生まれた大納言家の人々に、この幼い人の後見をしたいと願い出る。

①かの大納言の御《み》むすめ、ものしたまふ［オイデニナル］と聞きたまへしは［伺イマシタガ］。すきずきしき方にはあらで［イイ加減ナ好キノ気持デハナクテ］、まめやかに聞こゆるなり　（若紫《わかむらさき》）

②「［一途ニ少女トノ結婚ノ意志ヲ光源氏ガ］まめやかにのたまふ、かたじけなし」とて、［祖母ノ尼君ハ］ゐざり寄りたまへり　（若紫）

北山から帰京するにも、光源氏は「まめやかなる御とぶらひ［御見舞］」（若紫）を言い置いて尼君のもとを辞した。男性が女性をどうしても得たいと思うときには、初めは皆マメヤカに振る舞う。それは女性の親族に対する経済的援助に及ぶこともある。

③をかしきやう［趣味的ナ面］にもまめやかなるさま［実生活ノ面］にも［薫ハ八ノ宮ニ］心寄せつかうまつりたまふこと、三年ばかりになりぬ

（橋姫）

また、雪などが本格的に積もることにもマメヤカという。

④雪いたう降りて、まめやかに積もりにけり　（幻《まぼろし》）

このマメヤカにモノが加わって、モノマメヤカといえばどうなるか。

内大臣は若い夕霧と娘の雲居雁の結婚を長い間許さなかった。しかし、ついに折れて、藤の宴に事寄せて夕霧を招待した。夕霧は黄昏が過ぎたころ、内大臣家を訪問する。内大臣は、北の方や女房達に向かって夕霧を賞讃する言葉を長々とつらねた後で、夕霧と対面する。

⑤ものまめやかにむべむべしき御物語はすこしばかりにて、花の興に移りたまひぬ［世間ノシキタリニ従ッテ、格式ニカナッタ御話ハ少シバカリデ、スグ花見ノ宴ニオ移リニナッタ］

（藤裏葉《ふじのうらば》）

もしこれが「まめやかに」とだけあったなら、「心底まじめな、理にかなった話」となるだろう。モノには「変えられないもの」としての「世間」または「世間のしきたり」という意味がある。だから、モノマメヤカとマメヤカの違いは次の例で次第にはっきり見えてくるだろう。

これは『栄花物語』の例である。治安三年四月の法成寺《ほうじょうじ》の万燈会《まんどうえ》には、多くの殿上人《てんじょうびと》や上達部《かんだちめ》達が道長の求めに応えて、七宝造りの上に金銀の網をかけた宝樹などを立て、立派な数多くの燈台を奉呈した。池の廻り、御堂の周りなどにそれが飾り付けられ、その一つ一つに仏が現れる光として火を入れた。その夜空の下の輝きはまばゆいばかりだった。

⑥四位・五位のものまめやかなる〔世間ノシキタリヲ大事ニ守ル〕人々は殿下燈とて、経蔵・鐘楼などさべき〔シカルベキ〕所々に、麗しうともし渡して、〔ソレハ〕いみじき風吹けども、さらに何とも見えず〔消エナカッタ〕、「我等《われら》がし出でたるこそめでたけれ」と、〔ソノ人達ハ〕心をやりてしたり顔にしそしたり〔満足シテ得意顔デアッタ〕（栄花物語・一九）

ここには、世間のきまりに心を遣う人々の心入れが見られる。

薫が宇治の姫君に対する匂宮の心寄せを大君に語りながら、実は大君に対する自分の恋心を匂わせていることに大君は気づいていた。だから、

⑦［薫ガ大君ニ］事にふれて気色ばみ寄るも［何カニツケテ自分ノ気持ヲアラワニシテ近ヅイテモ］、［大君ハ］知らず顔なるさまにのみもてなしたまへば、［薫ハ］心恥づかしうて、昔物語などをぞものまめやかに聞こえたまふ　（椎本）

薫は「心恥づかし」かったので、話題を昔の思い出話などに転じ、世間的に、表面の誠意を見せてお話ししたのだった。ここが単に「まめやかに」とあれば、本心からまじめに誠意ある態度でということになる。それでは薫のここの行動にある、恋する者の作為を描写したことにならない。

次の例は、プレイボーイである匂宮がいかにも世間の視線を意識して、誠意あるさまに自分の心を抑えているのが見ていておかしいというところである。

⑧右大臣［ヤ］、我ら［大納言］が見たてまつる［時］には、［匂宮ハ］いとものまめやかに御心をさめたまふこそをかしけれ　（紅梅《こうばい》）

匂宮という皇子は実は不実な人だと批評するのに十分な条件を備えているが「強ひてまめだち［マジメ風ニフルマイ］」あそばすのも、かえって傍目《はため》には見劣りするでしょうと、この文章は続いている。

つまり、ここではモノマメヤカは「世間的には実意がある、世間で見る目には誠意があるように見えるさま」だということで、ある意味で真実のマメヤカとは逆の意味になる言葉である。

光源氏が空蟬と関係を持った後で、それを露知らない空蟬の夫、伊予介《いよのすけ》がわざわざ訪ねてきてくれた。光源氏は伊予介と会話をするにも目の前に空蟬の姿がちらちらして、

⑨ものまめやかなる大人をかく思ふも、げにをこがましく、うしろめたきわざなりや　（夕顔）

とある。その妻空蟬を知ってしまった光源氏であってみれば、事情を知らな

いこの伊予介という「世間のきまりに実直な老人を目の前にしてあれこれ思うのは後ろ暗い」というのである。ただマメヤカではなく、モノマメヤカとあるのは、「自分は世間のきまりに違反している」と思う光源氏の後ろめたさを表している。

ちょっとひと休み ① 紫式部とその夫藤原宣孝《のぶたか》

『源氏物語』を読んでいて不思議に思うことがある。それは物語の女主人公が思いもかけず男に抱き上げられてそのまま連れて行かれる場面が三つもあることである。

第一は空蟬である。

床に臥したところに忍び寄った光源氏に囁《ささや》きかけられて、モノにでも襲われたかと怯《おび》える空蟬が小さそうな人だったので、光源氏は〃かき抱《いだ》きて〃部屋を出る。途中、女房に出会うが暁に迎えに来るようにと言って、奥の御部屋にお入りになった。（帚木）

次は女三の宮である。

女三の宮にはいつも多くの女房が仕えていたが、その日は側にかねて柏木に親しい小侍従《こじじゅう》という名の女房の外は一人もいなかった。小侍従は好機と見て柏木に通報し、柏木を女三の宮の寝台の東南の端に案内した。

宮は心もなく寝《やす》んでいたが、近くに男の気配がするので光源氏がおいでになったと思っていた。するとその男は畏まった様子で、宮を寝台の下に抱き下ろした。宮はモノに襲われたのかと見上げると、相手は知らない男だった。

柏木は綿々と心の内を語って、「私をあはれ（かわいそうな）と一言だけでもお聞かせ下さい」と言ったのだが、宮は恐ろしくて一言も言わなかった。事が起こった。

柏木は宮を〝かき抱きて〟、部屋の戸を押し開けて格子を引き上げた。夜明けの光の中で宮の顔を一目よく見たいと思ったのである。(若菜下)

第三は浮舟である。

夜更けの雪の中を敢えて再び訪れて来た匂宮を迎えて、浮舟の女房達は当惑した。しかし匂宮は前もって従者に命じて、宇治川の対岸にある家に用意をさせてあったのだった。匂宮は女房達に一言も物を言わせず、浮舟を〝かき抱きて〟外にお出になった。小舟に乗せて川を渡ろうとする。浮舟は心細く、匂宮にひたと抱かれていた。匂宮はかわいいとお思いになった。(浮舟)

このように『源氏物語』の要所要所に、女主人公が「かき抱」かれていく場面が三つもある。その共通点は「思いもかけず、女性がそうした目にあって恐ろしさの中を抱えて行かれる」ことである。これは偶然なのか、それとも何か訳のあることか。

私は一つの空想を走らせる。

紫式部が二十歳代の後半、当時としては婚期を逸したともいえる時に、働きかけてきたのが、後で夫になる藤原宣孝である。紫式部の再従兄《またいとこ》に当たる。四十五歳ぐらいの男である。既に三人の妻と五人の子供を持っていた。

宣孝はまだ三十歳代の左衛門尉《さえもんのじょう》の時に、賀茂臨時祭《かものりんじのまつり》の御禊《みそぎ》の際、天皇の馬を放してしまい、譴免されたことがある。また、派手な衣服を着て吉野山の金峰山《きんぶせん》に参詣したことで人々にあきれられた次第が『枕草子』に詳しく書いてある。石清水《いわしみず》の臨時祭の試楽には舞人に選ばれたこともある。こうした経歴を見ると、この人物は派手な、いささか軽率なところのある男のようである。

紫式部の父、藤原為時《ためとき》が越前の国守をしていた時、宋人《そうじん》の舟が難破して七十人余りが国府のある武生《たけふ》に移送されてきたことがあった。その翌春、宣孝はその中国人を見に行きたいと紫式部に手紙を出した。そしてまた、

春は解くるものと、いかで知らせたてまつらん［春ハ雪解ケノ時、女心モ解ケル時ト是非オ知ラセシタイ］

といってきて、「二心なし」と何回も手紙を寄越す。ついには手紙に朱点をぽつぽつとたらして、これがあなたを思う私の血の涙です、と書いてきた。こうしたやりとりがあって、紫式部は次の歌を送った。

紅の涙ぞいとどうとまるる移る心の色に見ゆれば「赤イ血ノ涙ト聞イテマスマス疎マシク思イマス。移リヤスイ御心ガ赤イ色ニ現レテオリマスカラ」

これを見ると明らかに拒否の気持の表明である。

『紫式部集』のこの歌の直後に何気なく次の一行が書いてある。

もとより人の娘を得たる人なりけり「以前カラ他ノ娘ト結婚シテイル人ナノダッタ」

この一行を見過ごすことはできない。……ナリケリという表現は、現代語でいえば「知らなかったが気づいてみると、分かってみると……だった」という意味である。女房の誰かから、宣孝は三人の妻を既に持っていると初めて彼女は聞いた。何回かの手紙のやり取りの後で、こうしたことを書いているのは、「場合によってはこの男を」という気持をいくらかでも彼女が持っていたことを示すものである。

ところが、その次の行には調子の全く違う彼女の文章が載っている。訳してみると、

「私から出した手紙を身近な女性に見せたと聞きました。送った手紙をその人達から全部取り戻して送り返して寄越さなければ、返事はいたしません」

と歌でなく口頭で言ったとある。

この手紙の内容と言葉遣い、および返歌をせずに口頭で繰り返したという行動は異様である。これは既に二人の間に何か親密な関係が成り立っていたという状況がなければ起きるはずはない。彼女は人には秘する自分の心を開いた手紙を宣孝に送っていたのである。それを宣孝は身近な女性達に見せびらかした。紫式部は極度の羞恥と憤りを感じた。

『紫式部集』の歌は全て年代順に並んでいるわけではないが、ここの数首は

宣孝とのやりとりが続いている。そして、

もとより人の娘を得たる人なりけり

つまり「とっくに妻を持っている人だったのだ」といった直後に、

文散らしけりと聞きて、「ありし文ども、取り集めておこせずは返りごと書かじ」

と使いの者に、通例の和歌による返事をせず、口頭で言ったとはどういうわけか。この二つのセンテンスは一つの流れとは読めない。この二行の間には時が経っており、前と後との間に二人の関係が全く異なるものとなっていた。そう見るのが自然である。この間に何かがあったのだ。

私の空想とはそのことである。宣孝は親戚筋の男である。宋人を見たいといった宣孝は紫式部の父親と親しいのだから、その家に泊まっていたのではあるまいか。女を扱い慣れているその男と彼女との間に、何かがあって、関係が従来と一変したのである。彼女にとって忘れがたい出来事が生じた。宣孝が紫式部を「かき抱きて」連れて行ったことはなかったろうか。

II 「儀式、行事」というモノ

ものみ【物見】

モノミの訳語としては現代語「見物《けんぶつ》」が当てられる。見物とは「物を見ること」で、モノを見るという点では何の問題もなく、誰にでも理解される。では、そのモノとは何か。モノを「物体・物品」と取ると、それでは何か違っている。ここのモノは物体ではない。モノミには、モノミグルマという複合した形もあるので、それを含めた『源氏物語』の全二十二例を対象にすると、モノミとは神事や公的な行事を見るのが大多数である。

最も例の多い賀茂祭《かものまつり》から始めよう。賀茂祭はそれに先立って行われる斎王《さいおう》潔斎《けっさい》の神事（御禊《ごけい》）があり、ついで祭が行われる。それは貴賤を問わず都の人々の最大の見物であり、盛大で厳粛な儀式を誰もが心待ちにしていた。見物に適した道端のよい位置を占めようと、いわゆる車争いが生じたりした。

①［賀茂祭ノ御禊ノ日］かねてより物見車《ものみぐるま》心づかひしけり。一条の大路《おほぢ》所なくむくつけきまで騒ぎたり……今日の物見には、大将殿［行列ニ参加スル

光源氏］をこそは、あやしき山がつ［卑賤ナ山住ミノ者］さへ見たてまつらんと［拝見ショウト］すなれ（葵《あおい》）

②［賀茂］祭の日などは、物見にあらそひ行く君達《きむだち》かき連れ来て（若菜下）

祭には細部にわたってきまりがあり、それは儀式そのものである。先だって行われる御禊も同様に、きまり通りに運行される儀式である。

その他の公的な行事を見ることもモノミという。例えば、男踏歌《おとことうか》である。男踏歌は一月十四日に、殿上人などが楽人となり、催馬楽《さいばら》を歌いながら宮中から外に出て、長い列をなして夜明けまで踊り歩く行事である。毎年行われるものではなかったらしいが、初音《はつね》の巻でその様子を知ることができる。

男踏歌の一行は、宮中から朱雀《すざく》院に参り、続いて光源氏の住む六条院に参上する。朱雀院から六条院までの道のりが遠く、夜明け方になってしまった。月がすっきりと曇りなく冴《さ》えわたり、薄雪が積もっている六条院の庭はえも言われぬ様子である。

③殿上人《てんじやうびと》なども、物の上手《じやうず》多かるころほひにて、笛の音《ね》もいとおもしろく吹

き立てて、この［光源氏ノ］御前はことに心づかひしたり。［六条院ニ住ム光源氏ノ］御方々、物見に渡りたまふべく［オイデナサイト］かねて御消息《せうそこ》どもありければ、左右の対《たい》、渡殿《わたどの》などに、御局《つぼね》しつつおはす（初音）

行幸も公式行事である。『源氏物語』には冷泉帝《れいぜい》の大原野への行幸を一目見ようと人々が集まる様子が描かれている。

④大原野の行幸とて、世に残る人なく見騒ぐを、六条院よりも御方々引き出でつつ見たまふ。［行幸ノ隊列ハ］卯《う》の刻《とき》に出でたまうて、朱雀より五条の大路を西ざまに折れたまふ。桂川《かつらがは》のもとまで、物見車隙《ひま》なし（行幸《みゆき》）

行幸とは天皇が皇居から他所へ出行することをいう。奉幣・装束・賜物などの細かな規定が『延喜式《えんぎしき》』にあるのを見ても、いかにきまりに従って事を行うのが重要だったかが分かる。

モノミの対象として中心を占めるのは、こうした神事や公式の儀式といった、ある一定の順序やしきたりに基づいて執行される行事である。

また少数ながら私的な行事を見るのをモノミという例もある。しかし、その例は、六条院での競射、右大臣家の藤の宴などといったもので、私的とはいえ、やはり決められた順序、方式、規定に則った運行である。貴人の移動を見る例もあったが、それも行列の人数など当時の慣習を無視できないことであるから、その行列を見ることもモノミといえるだろう。

つまりモノミのモノは物品でも物体でもなく、それの遂行に一定のさだめ、きまり、順序のある行事を指す。これは先のモノに見えた「社会的な規制」「世間的な型」とはやや違うが、厳しい制約のもとにある「儀式的な手順、方式」という意味のモノである。これらのモノは全く別々なのではなく、「不可変性」という一貫する脈絡がそこにある。それを見ることがモノミである。

ものす

モノスは現代でも「歌を一首ものした」などと使うこともある言葉であるが、平安時代には宮廷を中心とする物語文学や和文の日記などのごく限られた作品に片寄って極めて多数使われた。上代に例はなく、中世以降にも非常に少ない。

『竹取物語』『伊勢物語』に始まり、『宇津保《うつほ》物語』には約七百例、『源氏物語』には約五百三十例、また、『蜻蛉日記』には約二百三十例、『栄花物語』には約百四十例と極めて多い。しかし、それ以外の和文の日記や随筆類には各一例ないし数例ずつしかない。和歌にも漢文訓読にも使われない。『今昔《こんじやく》物語集』には一例のみである。この状態は、モノスが平安宮廷人の間の会話の言葉に始まったところから生じたのではなかろうか。

意味の上では、人の動作や状態を指していう言葉で、人以外の物や動物などには使われない。大別すると次のようになる。

1「行く」「来る」ことを指す。

2「食べる」「着る」「手紙を書く」「言う」ことなどを指す。

3「在る」「居る」ことを指す。

モノスは「モノをスル」という構成の言葉と考えられるが、それがどうして右のように幅広く使われるのかを考える前に、まず初期の作品の例を見よう。

竹取の翁《おきな》の家には、かぐや姫に求婚したいと思っている貴公子達が連日集まっていた。

①翁出でていはく、「かたじけなく、きたなげなる所に、年月をへてものし給ふ事［長イ年月ノ間オイデクダサイマスコトハ（来）］、極まりたるかしこまり［恐縮至極］」と申す　（竹取物語）

これはモノスが「来る」の例である。

次は「行く」である。一人の女が前の夫に会いに行こうとして、今の夫に祓《はら》いをしに行くと言ったところが、夫も一緒に行くと言う。女は困ってこう言った。

②そこにはなものしたまひそ［イラッシャイマスナ（行）］。おのれ一人まからむ　（大和《やまと》物語・一四八段）

これらの「行く」「来る」という意味のモノスは、『大和物語』『平中《へいじゅう》物語』など古い時代の作品ほど多く使われたが、モノをスルという構成を持つモノスが何故、「行く」「来る」の意で使われたのか。

それは既にいくつもの言葉について示したように、モノに「世間のきまり」という意味があるからではなかろうか。宮廷人の移動には一定の規定《モノ》があり、それに従って（多くの場合、行列をなして）往き来する。今、『延喜式』によって行幸の部分を要約すれば次のようである。

大将以下少将以上が行幸に供奉《ぐぶ》する。行幸が遠ければ摺衣を着用し、近ければ臨時に処分する。みな、皂緌《くりのおいかけ》、横刀《よこはき》、弓箭《ゆみや》、行縢《むかばき》、草鞋《わらぐつ》を着用する。行幸が近ければ行縢を除いて靴をはく。将監以下府生《ふしょう》以上は、みな、皂緌、布衫《ふさん》、白布帯《ぬのおび》、横刀、弓箭、行縢、麻鞋《おぐつ》を着用する。行幸が近ければ蒲脛巾《かまのはばき》を以て行縢に代える。近衛《このえ》は皂緌、青摺布衫《あおずりのふさん》、白布帯、横刀、弓箭、蒲脛巾、麻鞋を着用する。騎隊二十五人。騎射に堪える少将以下は此の中に在る。皆官馬を用いる。行縢を以て脛巾に代える。行幸が近ければ五人を省く。このほか、府生以上近衛まではみな私馬に乗る。

また、斎王が初めて斎院に入ろうとするときに、河頭《かわのほとり》で祓いをする。その際のこまごまとした取り決めが『延喜式』に詳しく規定されている。設定された日時・場所に斎王がお出ましのときには、付き従う行列の構成が決まっていて、供奉する人々の装束や乗り物、道具、衣類の櫃《ひつ》、食物の類など、そのひとつひとつについての規定が書いてある。

こうした公式の規定はないようだが、大臣以下の移動にもまたそれに準じて、規模は違ってもそれぞれの定めがあっただろう。つまり、これらは「モノ（公式ノキマリ）をスル」という言葉で表現できたのではなかろうか。服装、道具、手順など、多くのことが細かく決まっている、その全体を一言で表せる言葉がモノス（キマリニ則ッテスル）だったのではなかろうか。

「行く」「来る」に並んで、「手紙を書く・遣《や》る」「言い遣る」「正式に言う」「食べる」「着る」などの意味に使われるモノスがある。手紙などには、それぞれの礼儀の方式があったのだから、「世間のきまりを守ってする」というモノスを使うことは自然だった。現代のようなさまざまな交信の手段を持たなかった平安時代の宮廷では、貴族が意思を伝えるには、使いや取り次ぎの人を立てて、手順を踏むことが不可欠であった。

『宇津保物語』の例だが、朱雀帝の東宮は、左大将源正頼《まさより》の娘貴宮《あてみや》の入内を強く望んでいたが、正式な申し入れはしていない。

③まだ、かの大将［貴宮ノ父］にもものせず［キチント申シ込ンデイナイ］。かの人［貴宮］には、時々消息などものすれど［便リヲスルガ］、をさをさいらへもものせられずや［メッタニ返事モオ寄越シクダサラナイ］

（宇津保物語・菊の宴）

『蜻蛉日記』の著者は夫兼家が自分の家の門前を素通りして、近江《おうみ》という新しい女性のもとへ通うのが我慢ならない。兼家からの手紙にも返事をしない。

④「ここち悪しきほどにて、え聞こえず［オ返事デキナイ］」とものして［取リ次ギヲ介シテ言イヤッテ］　（蜻蛉日記・天禄二年一月）

宮廷の日常生活の営為である「食べる」「着る」だけでなく、それに伴う調理、配膳、裁縫、着付けなどにも一定の方式・手順があり、それもモノスでいうことができた。

次の例の、船旅を続ける一行が港に着いた場面のモノスは「食事をとる」の意であるが、食べる行為も作法と結びついている。

⑤翁人《おきなびと》ひとり、老女《たうめ》ひとり、あるがなかに［一行ノ中デ］心地悪《あ》しみして［気分ヲ悪クシテ］、ものものし給《たば》で［食事モキチントナサラズニ］、ひそまりぬ［寝込ンデシマッタ］　（土佐日記・一月九日）

装束に関するモノスもある。宮廷では儀式の内容や官位によって装束が決まっていた。だから、やはりモノス（キマリニ則ッテスル）となる。

⑥助［道綱］の［正月］朔日《ついたち》の物ども［装束］、また白馬《あをむま》［ノ節会］にもの

すべき［正式ニ着テイク装束］など［母デアル私ガ］ものしつる［整エテイル］ほどに、暮れはつる日にはなりにけり

（蜻蛉日記・天延二年十二月）

モノスが種々のことを指すようになると、直接あらわには言いにくい行為・動作、つまり人の生死、懐妊、出産、葬儀、供養などにも、モノスが使われるようになった。

光源氏に向かって、夕顔の女房右近《うこん》は頭中将と夕顔との間に生まれた女子（後の玉鬘《たまかずら》）のことを語る。

⑦しか。一昨年の春ぞものしたまへりし［オ生マレニナリマシタ］。女にていとらうたげになん［オ可愛イラシクテ］

（夕顔）

源氏は年老いて病む乳母《めのと》を見舞って慰める。

⑧いはけなかりけるほどに［幼カッタトキ］、［親身ニ］思ふべき人々の、［私ヲ］うち捨ててものしたまひにける［亡クナッテオシマイニナッタ］なごり

（夕顔）

このような意味へと拡大の道を歩んでいたモノスが『源氏物語』あたりから、「在り」「居《を》り」の意で使われる割合が大きくなる。光源氏の夢に現れた父桐壺《きりつぼ》院が言う。

⑨などかくあやしき所［都ヲ離レタ須磨ノ浦］にはものするぞ［居ルノカ］（明石）

菅原道真《すがわらのみちざね》が雷神となって現れ、清涼殿に雷が落ちそうに見えたとき、藤原時平《ときひら》は刀を抜き放って、

⑩生きても、我がつぎにこそものし給ひしか［在世中モ、右大臣デ私ノ次ノ地位デイラッシャッタデハアリマセンカ］。今日、神となり給へりとも、このよには、我にところおき給ふべし［遠慮ナサルノガ当然ダ］（大鏡・時平）

⑪中将にものしたまひける［イラッシャッタ（在）］時（大和物語・一七〇段）

モノスがアリ、ヲリの意味を持つに至ったについては、その理由が推測できるように思われる。というのは当時、貴人の「行く」「来る」の尊敬語として、既にオハシマス、オハスが使われていた。これはアリ、ヲリの意の尊敬語としても使われた。それは現代語でオイデニナル、イラッシャルが「行く」「来る」「在る」「居る」という四つの意味の尊敬語となっているのと同様である。モノシタマフも「行く」「来る」の尊敬を表したから、オハシマス、オハスの意味に引かれて、モノシタマフもまた「在り」「居り」の尊敬語にも使われるに至ったのではなかろうか。

このようにオハシマス・オハス・モノシタマフの三つが同じ動作を表す尊敬語として使われたとすると、その敬意の表し方に度合の差はなかったのか。オハシマスは（神が）オホマシマスから転じた言葉だから、最も高い敬意をもって相手を遇する表現であった。『源氏物語』では帝や院にはオハシマスだけが用いられている。それに準ずる皇子、皇女に対してはオハシマスともいうがオハスともいった。オハスとはオハシマスのマスを略した言い方だから、それだけ相手の扱いも粗略になる。さらに、その下の位置にある柏木や宇治の大君と中の君はオハスとモノシタマフで遇せられている（近藤明日子氏の研究による）。神についていうところから発したオハシマスに比べれば、「人間の作ったきまりに則って行われる」という意味のモノシタマフが、この三つの言葉の中では、最も低い扱いを意味したのは自然である。

夕霧が光源氏に玉鬘の入内の件について意見を言う場面である。

⑫さても［玉鬘ノ］人ざまは、いづ方［宮仕エカ、常人ノ妻カ］につけてかは、たぐひて［似合ッテ］ものしたまふらむ［イラッシャイマショウ（居）］。中宮かく並びなき筋におはしまし［オイデアソバシ（居）］、また弘徽殿やむごとなくおぼえことにてものしたまへば［イラッシャルノデスカラ（居）］、［帝ノ玉鬘ニ対スル］いみじき御思ひありとも、［同列ニ］立ち並びたまふこと難くこそはべらめ　（藤袴）

ここでは最も位が高い中宮がオハシマスで遇され、玉鬘と弘徽殿《こきでん》はモノシタマフで遇されている。

「行く」や「来る」という移動の動作に「公式のきまり」があるような人は、宮廷人の中でも殊に高貴な人のはずである。したがってモノスという動詞は、モノシタマフ、モノセラルなど尊敬語として使われる割合が圧倒的に高い。

勿論《もちろん》、モノスには、敬意を表す助動詞なしの、いわば裸のモノスも『源氏物語』には六十例ほどある。それを使っている人物の身分は高く、全て天皇・皇子・大臣などである。そして、自分の行為についていったり、また下位の者への命令や意向を表明したり、話の相手や話題の人物の動作・状態をいったりするに用いる。自分自身の行為を、公のきまり通りにすると表現できるのは高貴な宮廷人だからで、物語作者であった文章生《もんじようしよう》とか女房といった低い身分の人間では、自分の行為を「公式のきまり通りにする」と表現することはありえなかっただろう。

自分の動作・状態にモノスを使う例を一つ挙げておく。光源氏は、尼君亡き後、寂しく暮らす幼い紫の上が父の邸に移されてしまう前に、自分が引き取ってしまおうと惟光《これみつ》に仕度を命じる。

⑬暁、かしこ［紫ノ上ノイル邸］にものせむ［行コウ］。車の装束さながら［仕度ハソノママデ］、随身一人二人仰せおきたれ［用意スルヨウ申シツケヨ］　（若紫）

『蜻蛉日記』の著者が自分の動作にモノスを多く使うことは、「ちょっとひと休み」（二二九ページ）に書く通りである。彼女は藤原兼家の第二夫人という高い社会的地位にある人間として、自分の行為を自らモノスと表現したのだろう。

『栄花物語』になるとモノスは、正編（一巻〜三〇巻）に約五十例、続編（三一巻〜四〇巻）に約九十例あるが、そのうちわずか二例のモノスだけに敬意の助動詞がつかない。他はみなモノシタマフなどの敬語助動詞がつく形である。その約九割が地の文で使われている。『源氏物語』ではモノシタマフは会話の中に多く使われていた。この大きな相違は、本来、会話の中で発達してきたモノシタマフが、『栄花物語』の時代になると文章語として使われるように定着してきたことを示すのではなかろうか。

その上、正編には、意味として、１「行く」「来る」、２「食べる」「着る」などを指すものがいくつかあったが、それは続編には全くなくなり、モノシタマフはオハシマス、オハスに合流する。オハシマス・オハスは全部で約二千例もある。続編になるとモノシタマフとそれらとの敬意の差は明確でなくなり、それらに吸収されたようで、次の時代になるとモノシタマフはふっつりと姿を消す。一六〇三年刊の『日葡《にっぽ》辞書』には項目もない。

ところが、江戸時代の、浮世《うきよ》草子《ぞうし》・歌舞伎《かぶき》・浄瑠璃《じょうるり》・洒落本《しゃれぼん》・滑稽本《こっけいぼん》などにはモノスがある。だがその使い方は、平安時代とは様相が異なっている。

これは、江戸の文筆家が『源氏物語』などを読み、モノスが、「行く」「来る」「在る」「居る」以下、手紙を出す、文章を書く、などと広く使うのを見て、擬古的に本来とはかなり異なった使い方をしたものである。その例を少し挙げると、

⑭爰《ここ》に著述《もの》せし金鵞《きんが》子《し》の、滑稽笑話を一回《ひとたび》開けば　（七偏人《しちへんじん》・二編序）
⑮おいらがものした［盗ンダ］ものも、ものし［持ッテイッチマイ］やアがったにちげへはねへ　（東海道中膝栗毛《とうかいどうちゅうひざくりげ》・八編上）
⑯「機遣《きづかい》なしに帯とけ」と、ひとつも口をあかせず、わるごう有程《あるほど》つくして物しける［思ウママノコトヲシタ］　（好色一代男・一）

などがある。現代語の「一句ものす」「傑作をものした」などの使い方は、江戸時代の使い方に連なるものである。

ものものし

モノモノシは、モノを二つ重ねて形容詞とした言葉で、堂々として威厳がある様子、重々しくて立派な様子を表している。この場合のモノは、「儀式」とか「行事」と訳されるモノがあてはまる。形式に従い、体裁を整え、厳かで圧倒されるような確かな存在感があるとして、賞讃する気持を表すのがモノモノシである。『源氏物語』の例は約三十例で、そのすべてが人について使われている。

①［夕霧ノ字《アザナ》ヲツケル儀式ノ後ノ作文会デ、詩ヲ詠ミアゲル講師役ヲ務メタ左中弁《サチユウベン》ハ］容貌《かたち》いときよげなる人の、声づかひものものしく神さびて読みあげたるほど、いとおもしろし　（少女）

②［光源氏ノ四十ノ賀ヲ祝ッテ若菜ヲ進上シタ］尚侍《かむ》の君［玉鬘］も、いとよくねびまさり［美シク女ザカリトナリ］、ものものしき気さへ添ひて、見るかひあるさましたまへり　（若菜上）

③いときよらにものものしく太りて、この［太政《オオキ》］大臣《おとど》ぞ、今さかりの宿徳《しうとく》とは見えたまへる　（若菜上）

④されど、わが［左近　少将《サコンノシヨウシヨウ》ノ］本意は、かの守《かむ》の主《ぬし》［常陸介《ヒタチノスケ》］の人柄もものものしく大人しき人なれば、後見にもせまほしう、見るところありて思ひはじめしことなり　（東屋《あずまや》）

その人の声、姿、態度、体格、風貌、性格、身分、処遇などに、いかにも重みがあり、儀式にふさわしい、という感じを表す形容詞である。それと認めるほどのこともない人についてはモノゲナシといい、それらしい人と重んじて大切に扱う意の動詞はモノメカスを用いる。また、人についてではなく、儀式・行事そのものや建物などが、堂々としていて立派な、の意はイカメシである。

中世以降、モノモノシは、次第に、飾り立てられた威圧感を表すようになり、現代では、大げさな、という否定的意味合いで用いられることが多い。古語で大げさなの意を表すのは、モノモノシではなくコトゴトシである。『日葡辞書』の Mononoxij （物物しい）は、「きちんと身づくろいをし、いでたちをして、その外形や態度に、立派な働きをしそうな様子を見せている（人）、たとえば兵士など」と、意味が限定されてきており、現代につながる移り行きを推測させる。

以上、ここに見たモノは儀礼・儀式あるいはそうした行事をいうと見ることができるだろう。これは社会のしきたり、「世間に多く見られる型」という意味（三六ページ参照）に近く、「不可変性」を表す基本は同じだと見てよいと思われる。

◆◆◆◆◆◆◆

ちょっとひと休み◆②◆◆◆◆◆ 紫式部と藤原道長

◆◆◆◆◆◆◆

紫式部は藤原宣孝《のぶたか》と結婚した。ところが女の子が生まれた後、二年あまりで宣孝は病没した。『尊卑分脈《そんぴぶんみやく》』によると紫式部の項に「御堂関白道長妾《しよう》云々」とある。『紫式部日記』には道長が彼女の部屋の戸を叩《たた》いたことが書いてあり、彼女は戸を開けなかった。その翌朝の道長の誘いの歌、紫式部の拒否の歌のやりとりが残されている。鎌倉時代の『紫式部日記絵巻』には、その出来事、道長が彼女の部屋の戸を叩くさまを描いた絵がある。

紫式部は『源氏物語』を書いた立派な人だから、当然貞女で、夫宣孝の死後、道長の妾になったはずはないという人もいる。また一方で、道長とは何か関係があったのだという見方もある。

『紫式部日記』を読んでいくと、巻頭から途中までは、陽性の意味を持つ語句が次々と出てくる。順に挙げると、

をかし・心にくし・はづかしげ・物語にほめたる男の心地・をかし・らうたげ・頼もし・めづらか・朝日さし出でたる心地・ここちよげ・よしなからぬ・をかし・世の中の光の出でおはしましたる・ここちよげ・めでたし・若くうつくしげ・そこひも知らずきよら・めでたし・うれし

ここでは紫式部は陽気で、道長の息子、頼通《よりみち》を賞讃し、僧侶《そうりよ》に向かっては自分が教えた中宮彰子の皇子出産を威張り、道長一族の繁栄を喜んでいる。

その先に次の三行がある。

［道長ハ］中務《なかつかさ》の宮《みや》わたりの御ことを御心に入れて、［私ヲ］そなたの心

よせある人とおぼして、語らはせたまふも、まことに［私ノ］心のうちは、思ひゐたる事おほかり

この「中務の宮わたりの御ことを御心に入れて」とは、中務宮、具平《ともひら》親王の娘である隆姫《たかひめ》と、息子頼通との結婚を道長が望んだことをいう。「そなたの心よせある人とおぼして」とは、その具平親王と好意を交わす関係にある人とお思いになってということである。というのは、紫式部の父為時《ためとき》も亡夫宣孝も中務宮家の家司《けいし》をしていたことがあるからである。「語らはせ」とは打ち明け話をして味方として働くように求めること。道長は紫式部にその結婚の仲介の何らかの仕事を頼んだ。ところが、相手の具平親王は漢詩文のすぐれた作者として当時の文壇の大御所で、紫式部が夫宣孝を失ったころ、自分の作品を見せたりした、いわば文学志向の競争相手であった。

彼女は道長の娘、中宮彰子の家庭教師になっている。このことは当時の通念では紫式部が道長の支配下に入り、男と女の関係にもなっていくと見られることだった。事実、道長は紫式部の部屋の戸を叩いた。結局、道長は夜に

彼女を訪れる関係になった。そして、彼女は陽気になり、嬉々《きき》として活気に満ちて生きるようになった。それは先に挙げた日記の一連の形容語によって明らかである。しかし、彼女は以前の文学上の友人達が自分をいかに見下げているかといつも心に掛かると日記に書いている。今さら具平親王の前に、道長の息子の結婚仲介のために立ち入った話をしに行くことはできにくかった。

日記の原文には「語らはせたまふも、まことに心のうちは思ひゐたること多かり」とある。ここのもという助詞はケレドモという逆接の助詞である。だから、「けれども真実に心の内を言えば、私には思っていることがいろいろあるのです」となる。道長は紫式部の一瞬のたじろぎを見逃さず、紫式部が本当の味方ではないと直覚した。ことによると彼女は役目を辞退したかもしれない。

この二行の次が「行幸近くなりぬとて」という言葉で始まる段である。それを口語訳してみよう。原文の口語訳と、注記との混淆をふせぐために注記には〈〉を付けることにする。

〈道長邸、土御門殿《つちみかどどの》は中宮彰子が第一皇子を出産されたことで沸き立ってい
た。〉行幸が近づいたというので、邸内はいよいよ立派に手入れがされた。
人々は世に珍しい、めでたい菊を求めては掘り取って献上する。色とりどり
に変わったもの、黄色の殊に美しいものが様々に植えられた。それが朝霧の
絶え間に見渡される。黄色い菊は不老長寿の薬だという〈これによると、紫
式部は昨夜からずっと起きていた。夜が明けてきた。その菊が見えるように
なったのである。しかし、約束の人はついに現れなかった〉。訪れが無いの
は、女としての我が身が老けたと相手に感じられたのかもしれないという恐
ろしい思いがふと心をよぎる。私の願い、決心が世間の女性並みなら、いか
にも男好きの素振りをして、若々しげに振る舞い、男との何かの関係を作っ
て生きていくこともできるだろう。しかし世間でいうめでたいこと、面白い
こと〈出産とか栄進とか〉を見聞きするにつけて、ただ自分が心深く願うと

ころ〈学問をして、いい作品を書きたいということ〉の引きつける力ばかりが強くて、他は何事も気が進まず、予想外の嘆かわしいことがますます多くなるのが苦しい。今はやはりどうかして「もの忘れ」してしまいたい〈道長との忘れがたい交情をすっかり忘れたい（モノワスレの意味については一三四ページ参照）〉。思っても甲斐《かい》がない。道長とのことは罪深いことだという〈自分が若いころから熱心に学んできた儒教では「二夫に見《まみ》えず」と教え、仏教では五戒の中に「邪淫《じゃいん》せず」とある〉。そんなことを反芻《はんすう》しながら、夜の明け離れていく庭を眺めていると、水鳥が対になって思うこともなさそうに泳ぎ回っているのが目に入る。

水鳥を水の上とやよそに見んわれも浮きたる世を過ぐしつつ〔水鳥ハ水ノ上ヲ浮イテスイスイト泳イデ生キテイルモノ。私ニ何ノ関係モナイト、コレヲ見ルコトガデキヨウカ。私自身モマタ（生キル歓ビヲ与エテ、心ヲ満タシテクレタ男ニ見放サレテ）定メノナイ浮イタ命ヲ生キテイル〕

あの水鳥も見たところ満足そうに水の上を泳いでいるけれども、身《からだ》は苦しいのだろうと我が身に引きつけて思ってしまう。

同じ部屋を使っている小少将《こしょうしょう》の君《きみ》〈道長の召人《めしうど》。つまり主人との特別の関係が公認されている女房、今は里に下がっている〉がたまたま手紙をくれた。返事を書いていると時雨がさっと降ってきた。使いの者も帰りを急ぐ。「空模様ばかりか心まで騒いで」と書いて一首の歌を送ったのだったろう。日が暮れたころ、小少将から返事の歌がぼかしの濃染紙《こぜんし》に書かれてきた。

雲間なくながむる空もかきくらしいかにしのぶる時雨なるらむ［雲ノ切レ目モナイ一面ノ時雨デスガ、アナタノトコロデハドンナニヒドク降ッテイルコトデショウ（アナタハドンナニ激シイ苦シサヲ耐《コラ》エテイルコトデショウ）］

〈小少将は道長の召人であるだけに事態を察してくれたのだ。〉

前の手紙にどんな歌を書いたか、私は今思い出せない。

ことわりの時雨の空は雲間あれどながむる袖ぞかわくまもなき［時節柄降ル時雨ニハ雲ノ切レ目ガアルケレド、ソレヲ眺メテモノ思イシテイル私ノ袖ハ涙デ乾ク間モアリマセン」

彼女は夜を徹して道長を待っていた。にもかかわらずその人は現れなかった。そして彼女の学問と創作への深い願いは、道長の理解し得ないことであると思い返していただろう。暗澹たる将来が待ち受けている。目の前にいた相手が急にいなくなっただけではない。自分の身分がいつまで保たれるかも突如不明になった。急激な不安と悲しみで、彼女の涙は止まらなかった。小少将に最初に送った歌は取り乱した心で作ったもの、思い返すと到底ここに書き留められない。彼女は「思い出せない」と書いている。

この時以後道長は確かに二度と彼女のもとを夜訪れなかった。

この「行幸近くなりぬとて」の段から始まって、日記の終末に至るまでに次々と現れる形容の語句は、行事の華やかさをいう以外は陰性・不愉快を表すものばかりである。前半に見えた機嫌のいい陽性の語句はほとんどない。

身はいと苦しかんなり・苦しげ・やすげなし・ねたし・かたはらいた

し・聞きにくし・おそろしかり・わびしく恐ろし・数ならぬ心地・惜しみののしる・さいなむ・心もとなし・見どころもなし・人かずとは思はず・身のうさ・思ひおとす・ものあはれ・むつかし・はしたなさ・何ばかりの里人・うるさし・ものうし・苦しかり・かたくなし・あさまし・面無《おもな》さ・うとまし・心細し・心のうちのすさまじ

文章は刺々《とげとげ》しくなり、波打ってくる。これは「行幸近くなりぬとて」の段の日を境に、彼女の生活、世界、その将来が一変したことを示している。『紫式部日記』にはよく知られた一段がある。日記の最後の部分に近く、同じ女房仲間として文才を発揮した清少納言・和泉式部などを手ひどく批評したところである。そこでは、自分自身について「心すごうもてなす身ぞとだに思ひ侍らじ」と書いている。ココロスゴシとは「気持がぞっとする」と直訳される。『源氏物語』にはこの言葉は十例あるが、これは「人里離れた木深い所、荒々しい川水の音、山おろしの風」などに使われている。地点を見ると、全て須磨・明石・宇治・小野・大堰《おおい》・北山・一条宮に限られている。

つまり、ココロスゴシとは都からはずれた、鄙《ひな》で感じられる荒涼たる気分をいう。人間について使えば、中心である宮廷をはずれた二流の人間だということ。だからここは「お前なぞ、ないも同然だと扱われた。しかし見渡して目につくこれらの女房の才能だってたいしたことはない。私はせめて自分だけでも自分からそんな鄙びた二流の女だと思ってはならない」というのである。口語に訳すと消えてしまうが、原文は厳しい刺々しい言葉遣いである。

どうしてこんな激しいことを彼女は書いたのか。これを競《せ》り合っていた女房達の強い競争心の表れととるのが普通である。それでは当たらないのではなかろうか。確かに道長は「お前なぞ相手にしない」と扱った。彼女は抛《ほう》り出されて追い込まれていった。その中で彼女は何とかして自分を確立しなければならなかった。彼女は同輩と自分とを比較し、こう断定を下すことで、自分の実在を確かめるしかなかった。

「私は駄目な人間と扱われた。本当にそうか」。彼女は自問自答を繰り返しただろう。そして行き着いたところは「自分は駄目な女ではない。いや、駄目な女であってはならない」という決意であった。道長を自分の記憶から追放しよう、道長の呪縛から脱却しよう。断固として、この意志を貫こう。その基軸は彼女が、儒教についての、仏教についての、卓抜な知識、また比肩するもののない物語作者としての能力を持っていたことであった。「自分は学問では、そして創作では誰にもひけを取らない人間なのだ」。それが彼女を支えた。だがその学問の指示するところは、繰り返しになるが、儒教的世界では「二夫に見《まみ》えず」と教え、仏教では「邪淫せず」が五戒の中にあった。

彼女が突き放さなくてはならない道長とは、時の宮廷の最高の権力者なのだった。と共に、一個の男性として能力の大きさ、強さ、奥行きの深さ、図太さ、心配りのこまやかな優しさを兼ね備えていた。彼女は道長と接して初めて女と生まれた幸せを受け取っただろう。それは『紫式部日記』の前半の生き生きとした、時には驕った動きによく表れている。しかも『紫式部日記』の末尾には、日付の不明な断片的な記述が六つある。それが全て道長の登場する話である。それは彼女の心に刻印されている、道長との関わりの記念であろう。道長を心の底から消し去ることはおよそ不可能だった。

　この両立しない条件の中を彼女は生きていた。彼女の心に渦巻いていたのは、死んでしまった夫宣孝と、自分と、道長との精神上での三角関係は一体どうするのかという内省であったろう。正確な強靭な記憶力と、鋭い洞察力を備えた彼女であったからこそ、この苦闘を自分の作品に刻み込もうとした。『源氏物語』の後半、若菜の巻に始まり幻の巻に至る巻々の主題は、全て三角関係である。三人の男性、四人の女性の間に五つの三角関係が仕組まれた。それを図示すれば上のようになる。それぞれが異なる条件のもとにある話である。いわばそれは生じうる三角関係のさまざまの事態を想定し、それぞれに描き分けていったと見ることができよう。しかし実は三角関係の一つの項点に居て、二人

三角関係の展開

の男性に関わった女性の真実の懊悩はそこにはまだ示されていない。

それは橋姫から夢浮橋《ゆめのうきはし》に至って初めて巨細に描かれる。浮舟は薫によって宇治に囲われた。しかし、大君の似顔絵として迎えた浮舟を、薫が心込めて愛するはずはなかった。薫はあまり宇治に通いもしなかった。そこに突如、好き者、匂宮《におうのみや》が侵入してきた。一夜を過ごすと匂宮は浮舟に引かれ、たやすく京へ帰らなかった。闇の中、薫とは別人であることに驚かされた浮舟ではあったが、一夜を共にすると浮舟は夫薫を「きよげ」な人、匂宮を「きよら」な人であると思った。「きよげ」も「きよら」も美を表すが、「きよげ」は「きよら」そのものではなく、それに近い、二級の美を表すのが『源氏物語』の言葉遣いである。

二人の男性は共に彼女を京に迎えたいという。浮舟に迷いが生じた。仕える女房は彼女に向かって「どちらでもいい、魅せられる相手の方に早く行きなさい」と勧める。それで万事が終わってしまうのが、当時の社会の通例であった。しかし、苦悩の果てに、浮舟は宇治川に身を投げようとする。果たし得なかった彼女は救われて、洛北の小野にかくまわれる。彼女は記憶喪失を装って身元を明かさない。

「匂宮に引かれたのは誤りだった。薫様はやはり誠実な方だったのだ」として五戒を受け、ついで髪を断つ。浮舟は心の底で引きつけてやまない匂宮を突き放し、夫ではあるが真実愛してくれたわけではなかった薫に対して、もはや合わす顔がないという。薫の手紙を持って尋ねてきた実の弟にも、人違いでしょうと会わず、無言によって全てを拒否する形で、物語は未完のようにして終結する。物語はもっと続くはずだったのだという人もある。しかし、これは作者が若菜の巻以降を構想し書き進めるときに既に見定めていた完結の仕方であったと私は思う。

　こんなふうに考えながら、そして当時の宮廷でその後も当の道長の視線の前で働く女房として生きなければならなかった作者を思いながら、『源氏物語』を読み進み、夢浮橋の巻の最後の文章に至ると、「私は私としてここにあるのだ」と、一個の人間として毅然と生きようと言葉を書き続けた紫式部の、ほのかで、かすかで、しかも明確な表現を通して、女であった彼女の悲しみが静かに奥深く、縹渺として伝わってくる。

III

「運命、動かしがたい事実・成り行き」というモノ

ものこころぼそし【もの心細し】

現代語としてココロボソイは「頼りになる人や条件がなくて不安である」という意味だが、これは平安女流の文学でも基本的に同じである。浮舟が匂宮《におうのみや》に抱かれて、宇治川の対岸へと小舟で渡るときに、

①遥かならむ岸にしも漕ぎ離れたらむやうに心細くおぼえて　（浮舟）

とある。また、夕霧と雲居雁《くもいのかり》とが思うように逢えないときにも使われている。

②［夕霧ハ雲居雁ニ逢エズ］いと心細くおぼえて、障子《さうじ》に寄りかかりてゐたまへるに　（少女）

このようにココロボソシは、小舟の中に抱えられて対岸に渡るときの女性の気持、恋の行方に不安な少年の気持など、先行きに全く確かさが感じられない不安をいう。

落葉の宮がずっと付き添っていた、母一条御息所《いちじょうのみやすどころ》はついに亡くなり、加持《かじ》を勧めた僧達も修法《ずほう》の壇を撤去して引き上げていった。落葉の宮は、

③今は限りのさまいと悲しう心細し　（夕霧）

とある。これは母を失った娘の心情である。このようにココロボソシの使い方には幅があり、その使われる状況、状態にもいろいろなものがある。且つ対象が個々に具体的である。

ではモノココロボソシとなると、どんな意味か。「何となく心細い。何となく不安でさびしい」（日本国語大辞典）とするのが今日の一般の理解である。改めて『源氏物語』のモノココロボソシを吟味してみよう。使う場合に特徴がある。

④［ソノ様子ハ］言《こと》に出でたらんよりもあはれに、もの心細き御けしきはしるう見えける　（御法《みのり》）

紫の上は自分が亡くなった後のことなど一言も言いはしなかった。ただ世間の無常であることを穏やかに、言葉少なではあっても浅からず語った。

⑤朱雀院《すざく》の、今は、むげに世［最期］近くなりぬる心地してもの心細きを　（若菜下）

⑥［藤壺ノ死去ニ伴ウ］御わざなども過ぎて、事ども静まりて、帝もの心細く思《おぼ》したり　（薄雲《うすぐも》）

ここに挙げた④⑤はやがて死を迎える人の心細い心境である。⑥は愛する人を亡くした人の、生きていく先行きを思う心細さである。ここにわざとそうした場合の例を取り立てて選び出したのではない。『源氏物語』のモノココロボソシ二十三例中十六例がこの使い方、つまり自分の死の予感があるときの心細さ、大事な人の死に逢ったときの先行きの心細さをいう。残りは、退位を考えている朱雀帝、出家を前にしている人、愛する人との決定的な別れをした人など、愛する人との関係がどうにもならない状況に追い込まれた人の心細さである。これも結局は一つの死に至る心細さをいうと見られよう。

当時は、出産は死に直結する出来事であり、人々は不安を持ってそれを迎えた。そのときモノココロボソシが使われている。

⑦かくて八月ばかりになれば、皇后宮《きさいのみや》［定子《テイシ》］にはいともの心細くおぼされて、明け暮れは御涙に漬《ひ》ちて　（栄花物語・七）

この皇后定子は内親王を出産した直後亡くなっている。

⑧［既ニ子持デアッタ内大臣教通《ノリミチ》ノ北ノ方ハ、マタ懐妊シテ］自らもいとの心細くおぼされて、いかにと［ドウナルノカト］あはれにのみおぼし乱るるに　（栄花物語・二一）

この北の方は出産の翌月に亡くなった。『大鏡』では、藤原師輔《もろすけ》の室がやはり懐妊して「もの心細く」（公季《きんすえ》）思ったが、出産の当日に亡くなっている。

自分の先行きの避けがたい困難を感じての不安、心配を表すモノココロボソシの例として、六条御息所《ろくじょうのみやすどころ》が斎宮となる娘と共に伊勢に下る場面が挙げられる。

⑨斎宮の御下り近うなりゆくままに、御息所もの心細く思ほす　（賢木《さかき》）

これは六条御息所が光源氏との別れを覚悟して感じる先行きの心細さであった。後に、六条御息所が亡くなってしまったときに光源氏は、

⑩世もいとはかなくて、もの心細く思されて、内裏へも参りたまはず

こうしたモノココロボソシのモノは「運命として避けがたい成り行き」だということができる。（澪標）

先の例③にも挙げたように、ココロボソシだけでも、母親の死に直面した気持をいう例はある。しかし、それ以外のさまざまな心細さをいうのがココロボソシの一般である。それが、モノが加わってモノココロボソシとなると、九割は死を含めて「避けがたい運命」を意識したとき使われた。これはモノココロボソシのモノが、決して「何となく」という意味ではないことを示している。死は人間にとって、どうすることもできないさだめであり、変えること不可能な成り行きである。そのことを明示するために、モノがココロボソシに加えられたのではあるまいか。

ものさびし【もの寂し】

サビシはサブ（荒れる、荒涼たるさまになる）という動詞から生まれた形容詞だから、荒れている、荒れ果てている、荒れ果てたという意味が基本である。意味はココロボソシに近いけれども、ココロボソシは頼れる人や物のないときの不安な気持である。

『源氏物語』では、貴人のまわりに従者が少なかったり、財産がなかったり、独り寝だったり、邸に葎《むぐら》が生い茂っていたりしている場合にサビシという。対してモノサビシは、そのような寂しい状態を、運命的にどうにもならないとする気持、モノ（事の運命的な成り行き）が寂しく感じられるという点に相違がある。成り行きとは、これまでの経過でもあり、これからの先行きでもある。これらを『源氏物語』の本文について見よう。

女三の宮が男子（薫）を出産した。表向きは光源氏の子であるが、実は柏木との間に生まれた子供である。源氏に秘密を知られた柏木は恐怖から病に臥して、ついに死に至る。

①［柏木ガ亡クナッテ］さぶらふ人々［落葉ノ宮付キノ女房達］も［喪服ノ］鈍色《にびいろ》にやつれつつ、さびしうつれづれなる昼つ方　（柏木）

女房達が主人の死去を寂しく思うその邸を、夕霧がしばしば訪ねてきた。それは友人柏木の遺託を受けたこともあってのことだが、残された落葉の宮が夕霧の関心の対象だった。そのことを落葉の宮自身もその母も気づかなかった。

②［夕霧ノ下心ニハ気ヅカズニ］御息所も、あはれにありがたき御心ばへにもあるかなと、今はいよいよものさびしき御つれづれを、［夕霧ガ］絶えず訪れたまふに慰めたまふことども多かり　（夕霧）

「今はいよいよものさびしき御つれづれ」とは単に今は寂しいというのではない。二人の「運命の先行き」が思われていよいよ寂しく、毎日が無為に過ぎるというのである。

同じ柏木の死去に対して、①に見たお付きの女房達の心情は寂しいものであった。サビシには、いつもその気持の原因となる或る一つの事柄がある。女房達のサビシの原因は主人の死であった。ところが、柏木は、落葉の宮と一条御息所にとっては夫であり婿である。その死は将来傾いてゆく自分達の運命を決定づける。この二人はモノサビシと感じた。一人の死に対する女房と妻・母親との受け取り方の差がサビシとモノサビシとに表れている。つまりモノサビシのモノとは「何となく」ではなく、運命の先行きを表すといえるのではあるまいか。

また、光源氏の愛情に見切りをつけた六条御息所は、斎宮となる娘と共に京を離れ伊勢へ下向した。しかし帝の退位に伴う斎宮の交代という定めによって、再び源氏のいる京で生活することになる。下向以前と同じように邸を美しく整え、女房や集う人なども多く、優雅で風流な暮らしに戻ってはいるが、源氏との仲は疎遠なままである。

③ものさびしきやうなれど、心やれる［自適ノ］さまにて経《へ》たまふほどに（澪標）

自分の恋の成り行きには望みがない。それが寂しい。やがて、六条御息所は重く患い、出家する。

宇治十帖の中心人物、大君と中の君の父親、宇治の八の宮は山寺に籠る直前に、女房達に次のように言った。

④ものさびしく心細き世を経るは、例のことなり［思ウヨウニナラナイ運命ノモトデ寂シク心細イ人生ヲ送ルノハイクラデモアルコトダ］（椎本）

さらに八の宮は「宿命に従って暮らすのがよく、軽はずみにつまらない男との縁などを姫君達に取り持ってはならない」と、重ねて女房達に向かって後に残る娘達のこれからの身の処し方を訓戒した。八の宮がこれまでの人生から得た世界に対する見方がモノサビシに込められている。

ものし

この言葉は『源氏物語』の中で特別に多く使われてはいないが、物語の展開の要所要所に出てくる。

光源氏は都を退去した先で明石の入道の娘のもとに通った。帰京してしばらくすると、女子が誕生したという報せを受け取った。初めての女子の出生を光源氏は喜び、乳母《めのと》を遣わす手はずを整えたりしたが、それを打ち明けるところで、正妻である紫の上を気にかけてこう言っている。生まれてほしいところにはまだ生まれず、思いの外のことが起きて残念なのに、それも生まれたのは女ということなので、「いとこそものしけれ」［全ク不快ナンデス］（澪標）。

モノシとはモノとシの複合である。シはシク活用の形容詞語尾である。シク活用の形容詞は嬉シク・悲シク・寂シクなどのように、「情意」を表すのが普通である。だからモノが「運命」だとすると、モノシとは語源的には

「運命だなあと感じられる」ということなのではあるまいか。

人は、試験に合格した、大会で優勝したなどという好ましい状況のときに、これは運命だなあと思うことはない。そんなときには自分には力があるのだ、自分の努力が報われたなどと思う。運命だと感じるとすれば、いつもきまって悪い事態に陥って、嫌だけれどもそれを自分ではどうにもできない、変えられないと思うときである。『源氏物語』の時代でも、やり場もなく辛く不快に感じても、それをさだめとして耐えなくてはならない時に「運命とはこういうものなのだなあ」と思う。その気持を表そうとモノシは生まれたのではないか。

光源氏は明石での女子誕生を心の中では喜んでいながら、紫の上には「これが運命だと思うと不快だが仕方がない」と言って、紫の上の気持をなだめようと努めたのである。

京でひたすら光源氏の帰りを待っていた紫の上にとって、その出来事は決して愉快ではなかった。しかし時が経って、幼子《おさなご》を無性にかわいく思う性である紫の上は光源氏の頼みを受け入れ、明石の姫君を引き取って育てたいという気持になっていった。そして成長した姫君の入内を機に、姫君のそばに生母の明石の君を居させてはと光源氏が紫の上に持ちかけたときには、紫の上は、明石の君が今のように娘と別れて暮らさなければならないのは辛いことだろうと思いやる余裕ができていた。

①「かかるついでに、［姫君ニ］かの後見［明石ノ君］をや添へまし」と［光源氏ハ］思す。上［紫ノ上］も、「つひにあるべき事の、かく隔たりて過ぐしたまふを、かの人ももの思ひ嘆かるらむ……」と思ひなりたまひて（藤裏葉）

明石の君にとってみれば、事の成り行きは自身の運命だと思うしかなかったはずである。それを「仕方ないが快くはないだろう」と紫の上は思いやった。それを「かの人ももの思ひ嘆かるらむ」と書いてある。紫の上は光源氏の考えを受け入れた。

モノシには次のような場合もある。

桐壺更衣《きりつぼのこうい》の死を悲しんでいる桐壺帝をよそに、弘徽殿女御《こきでんのにょうご》の方では管弦の遊びをしている。それが帝にも聞こえてくる。

②風の音、虫の音につけて、「桐壺帝ハ桐壺更衣ヲ失ッテ」もの「自分ノ運命」のみ悲しう思さるるに、弘徽殿には、久しく上の御局にも参《ま》う上りたまはず、月のおもしろきに、夜更くるまで遊びをぞしたまふなる。いとすさまじう、ものし「仕方ガナイケレド本当ニ嫌ダ」と聞こしめす　（桐壺）

次も似たような気持である。

匂宮に中の君を勧めておいて、薫は姉の大君に自分の気持を訴え続けた。

③「大君ハ」思はずに、ものしう「嫌ナ気持ニ」なりて、ことに答《いら》へたまはず　（椎本）

モノシといえば、「不快だ」と訳しておよそ当たる。しかし、単純に相手の態度や状況が「不快だ」と直線的に反射的に感じるのではなくて、絡まっているいろいろの事情を思えば、それを単純に片づけることはできないと受けとめて、不快だ、辛いと思うことである。ここで薫が中の君には匂宮を向かわせるようにはからった上で、自分に言い寄ってくる。その薫の心の遣いようが大君の目には見える。仕方がない成り行きと思うものの、それは嫌だ。それを「ものしうなりて」といったのである。

宇治の八の宮にもモノシがある。これは生きてきた八の宮の心の底を表す言葉である。弁《べん》の尼《あま》が浮舟の身の上を薫に語った。

④［浮舟ノ母ガ］女子［浮舟］をなん産みてはべりけるを、［八ノ宮ハ］さもやあらん［自分ノ子ダロウナ］と思す事のありけるからに［思ウコトガアッタモノノ］、あいなくわづらはしくものしきやうに［運命デ仕方ガナイガ不快ダト］思しなりて、またとも御覧じ入るることもなかりけり（宿木）

邸宅も焼け、京都での嫌な生活を捨てて、宇治に住むことを決意した八の宮には、浮舟の誕生を知っても、それはもはや「あいなく、わづらはしく［自分ノ気持ニ食イ違イ面倒デ］」、モノシと感じられたわけである。

ものうし【もの倦し】

人生にはいろいろのことが起こる。人はそれぞれに対応しながら、自分の思いが叶《かな》うことを求めて生きていく。しかし、目指すことをいくら繰り返し試みても思うようにいかないことがある。そのとき、ああ疲れた、もう嫌だと思う。それがウシである。

このウシは動詞ウム（倦む）のウと同根の言葉である。ウムとは、あれこれや繰り返してみても望むようにならない、よくない結果が重なり、疲れて、時にはそれを放棄してしまうことを表している。だから、初めウシとは、事に繰り返し対応して疲れたという状態を表したと思われる。

というのは、日本語はもともと、形容詞のク活用の言葉は、広ク、高ク、長ク、短クなど、物の状態を表していた。対してシク活用の形容詞は、先にも述べた所だが、嬉シク、悲シク、寂シクのように情意を表すという区別がおよそ存在した。だから、ウク・ウシ・ウキとク活用をする形容詞のウシは、元来は「倦み疲れた状態だ」という描写の言葉であったのではなかろうか。しかし、状態はそれがもたらす心情と隣り合わせである。そこでウシは、そういう疲れた、もう嫌だという心情を表すように発展したと考えられる。

ウシは『源氏物語』におよそ二百例あるが、その半分は、ウキ世、ウキ世の中とか、宿世《すくせ》ウシあるいはウキ身などという表現に使われている。つまり、この世の中に生きていても、物事は思うようにいかず、ここはもう嫌なところだと気持が止まって進まないときにウシという。いくら望んでも逢ってもらえない、手紙がこないなど、男女の間に関わることで、もう疲れた、嫌になったという場合に使われることも多い。

例えば夕顔の巻では光源氏は夕顔に死なれて、その打撃から自身も病気になってしまい、以前のようには、空蟬に対して彼女の弟の小君《こぎみ》に伝言を頼むこともできなかった。何の便りもないので、空蟬の方では自分が源氏の働きかけにいつもつれなくしたから、源氏が自分を「うし」と思しはてにけるを

「ツキアウコトニ疲レテ嫌ニナッタトオ思イニナッタ」」のならお気の毒と思っていた。しかし、実は源氏が病気だったと聞いてやはり嘆息したとある。

また、光源氏のことに悩んでいた六条御息所は気分を変えようと賀茂祭を見に行ったが、

①御禊河《みそぎがは》の荒かりし瀬に「御禊《ゴケイ》ノ日ニ、葵《アオイ》ノ上方《ウエ》トノ車争イデ手荒ナ目ニアッテ」、いとどよろづいとうく思し入れたり　（葵）

と、もう何もかも一層、嫌な気持になったとある。

このように単にウシといえば、その原因が先に書いてあり、その事態に疲れた、嫌だと思うことである。また、ウキ世、ウキ宿世などといえば、世の中というものは全体として辛い、嫌な世界だということでもあった。

②世間《よのなか》を憂し「世間ヲ生キ渡ルコトハ疲レル」とやさし「痩《ヤ》セル思イダ」と思へども飛び立ちかねつ鳥にしあらねば「飛ンデ逃ゲルワケニハイカナイ、鳥デハナイノダカラ」　（万葉集・八九三）

それがモノウシとなるとどうなるだろう。モノには既に書いたように、自

分の力で思うように動かしたり、自分で変えたりできない運命、成り行きという意味がある。だから、はっきりとウシの上に「運命」とか「成り行き」という気持を表すモノを加えたモノウウシは、今の状況から見て、これから先の成り行きを考えただけで疲れる、気が重い、動くのが億劫《おっくう》だなどを表すことになる。

光源氏は引き取った紫の上のかわいさに、心が寄ってしまい他の女性の方に気が向かない。今は無理をして末摘花の所へ出かけるのは億劫だ。

③［御息所ノイル］六条わたりにだに、離《か》れまさりたまふめれば［一層縁遠クナッテオイデノヨウダカラ］、まして荒れたる宿［末摘花邸］は、あはれに思しおこたらずながら［忘レタワケデハナイガ］、ものうきぞ［先ノコトヲ思ウト出カケルノニ気ガ重イノハ］わりなかりける［ドウシヨウモナイ］　　（末摘花）

六条御息所の娘である前斎宮は朱雀院からも望まれていたが、光源氏や藤壺のはからいで冷泉《れいぜい》帝に入内した。朱雀院からは豪勢な贈り物が手紙と共に届けられた。

④宮［前斎宮］は悩ましげに思して、［朱雀院カラノ手紙ノ］御返りいとものうくしたまへど［御返事ハ億劫ダケレド］（絵合《えあわせ》）

これからの成り行きを思えば放っておくわけにもいかず、簡単な御返事をお書きになった。

⑤例の［ゴトク］、物語いとなつかしげに聞こえたまふ。事に触れて、［薫ハ］ただいにしへ［大君ノコト］の忘れがたく、世の中のものうくなりまさるよしを、あらはには言ひなさで、かすめ愁《うれ》へたまふ（東屋）

薫は女二《おんなに》の宮《みや》と結婚したが、亡くなった大君が忘れられない。今、薫は大君の妹の中の君と語らっている。

ここでは「世の中」と「ものうく」とを重ねて使っている。薫としては、亡くなった大君、今の正妻女二の宮、目前の中の君という三人の女性とのことが心の中を動き、それぞれが重なり合ってのしかかっている。この成り行きを思うと、いよいよ気が重く、疲れてくる。それを「世の中のものうくなりまさる」といった。

ここでウシとモノウシが間近に使われている例を見よう。

薫は大君に言い寄り、傍らの丈の低い几帳《きちよう》を八の宮の仏前に置いて隔てとして、かりそめに添い臥した。薫の移り香が大君の着物に紛れる方なく香るほどであった。しかし事もなく夜が明けた。「山里の風情の知られる鳥の声を聞くにつけて、胸の思いがつもる朝ぼらけですね」という歌を薫は大君に向かって詠んだのだが、それに対して大君は、

⑥鳥の音もきこえぬ山と思ひしを世のうきことは尋ね来にけり「鳥ノ声モ聞コエナイ山住マイト思ッテオリマシタガ、コノ世ノ嫌ナコトハココマデ追イカケテ来ルノデスネ」　（総角）

と詠む。これによって、大君は薫を受け入れない気持を示した。

続いて薫は大君を襖《ふすま》の所まで送り、自分は昨夜入った戸口から出て、廂《ひさし》の間で横になったが寝つかれなかった。大君の名残が惜しく、こんな思いをするくらいだったら、この長い間、大君の心を獲ようと心のどかに時を過ごし

てくるのではなかったと、

⑦帰らむこともものうくおぼえたまふ［京へ帰ルコトモ先行キヲ思ウト気ガ進マズ、気ガ重イノダッタ］（総角）

帰ってしまったら、やはりそれは先行きによくないだろうしと気が進まないのである。

も一つ、ウシとモノウシとが並んで使われているところがある。

新手枕をかわした光源氏は今はどこにいても紫の上の姿が面影に見えて恋しい。我ながら不思議な気持だと思うが、足が遠のいた女性からは怨めしげな便りが来る。「いとほし［気ノ毒］」と思う相手もあったが、便りの主を訪れて、

⑧［ソノ女性ト関係ヲ深メルコトハ］いとものうくて［成リ行キヲ思ウト気ガ進マズ面倒ニ思ワレテ］（葵）

光源氏は訪れなかった。そして、自分は今、気分がすぐれないと言い訳を言う。

⑨世の中のいとうくおぼゆるほど過ぐしてなむ、人にも見えたてまつるべき
［コノ世ガ憂キモノニ思ワレル、ソンナ気持ガ失セテカラ、オ目ニカカリ
マショウ］　（葵）

世の中をウシといえば、世の中全体を一つの対象として捉《とら》えた心情である。モノウシもそれに近い気持ではあるが、モノが加わっている分だけ、自分の関わっている込み入った現状の先行きが心持ちに重くかかってきて、気持が進んでいかない、億劫だということをはっきり表すことになる。

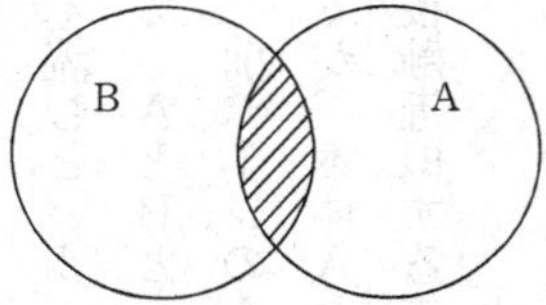

言葉の意味の重なり

近い意味の言葉が二つあれば、多くの例の中には、それがほとんど同じように使われていることがある。つまり、時にはAとBの二つの単語の使い方が重なっている。しかし、AとBの本体、AとBの中心的な意味には、はっきりした差違があるものである。その差

違をはっきりさせた上で、重なる使い方の意味を認識することが言葉を精しく読むということである。重なる用法と見える例がいくつかあるからといって、AとBとを区別がないと見るのは、言葉を味わい分ける行き方でない。

前ページのA・Bの図で見るように、AとBとは重なっているところがあるが、本体AとBにはそれぞれ別の意味がある。重なっているところはその接触近似する使い方である。

ものおもひ【もの思ひ】

オモフという言葉は「胸の内に、恋心・望み・心配・執念などをじっと抱えていること」をいう。これは古来一貫したオモフの意味である。モノを添えてモノオモフ、モノヲオモフと使う。名詞になってモノオモヒという例も多い。このようにモノが加わると、単なるオモフとの間にどんな意味の相違が生じるのだろう。

モノという単独の言葉が運命とか成り行きという意味を持っていたことは既に繰り返し述べた。運命とは自分では動かすことのできない成り行きである。だから、そのどうにもできない成り行きをじっと胸の中で反芻《はんすう》するのがモノオモフことではなかろうか。その反芻は過去のことについても、未来の成り行きについてもなされる。

現在の古語辞典を見ると、モノオモヒについて「物事を思うこと。思いにふけること」などと書いてある。そうした理解は全く外れているわけではないが、単に「思いにふける」といえば、椅子にじっと腰をおろして、はるかなヨーロッパの美しかった大理石の建築などを回想し、さまざまな旅の記憶をじっと思い返したりすることもいうだろう。しかし平安時代の古典のモノオモヒについては、そういう口語訳では「遠からずといえども当たらず」であるように思われる。

恋の思いが胸を占領している。しかし、恋の成り行きは重苦しく、ずっしりと心にかかって、自分は自由に動くこともできない。将来を思いながら、じっとその暗さにとらわれている。モノオモヒの一つはそうした心持ちをいう。

友人薫の通う相手である浮舟の在処《ありか》をとうとう見つけ出し、そこに泊まった匂宮は浮舟と共に翌日を宇治で過ごした。これ以上居続けることはできない。後ろ髪を引かれる思いで匂宮は京に戻った。それにつけても、浮舟に会って分かったことだが、この浮舟は中の君の義妹であったのに、それを中の君が以前、自分に隠したことがつらく恨めしい。

① [宇治カラ帰ッタ匂宮ガ] 二条院におはしまし着きて、女君 [中ノ君] のいと心憂かりし御もの隠しもつらければ、心やすき方 [自分ノ寝室] に大《おほ》殿籠《とのごも》りぬるに、寝られたまはず、いとさびしきにもの思ひ [生ジタ恋ノ成リ行キヲ思ウ苦シサガ] まされば [イヨイヨ強クナルノデ]、心弱く対《たい》[中ノ君ノ所] に渡りたまひぬ (浮舟)

友人薫、自分の妻である中の君、それに新しい女浮舟という三人が匂宮の心の中でせめぎ合っていただろう。その成り行きを反芻するのが、ここのモノオモヒである。

光源氏は全く久しぶりに藤壺に顔を合わせた。その髪の生え際、頭《かしら》つき、御髪のかかり具合、限りないにおわしさに心を打たれる。紫の上にそっくりの様子である。

②あさましきまで［驚クホド］おぼえたまへるかな［似テオイデダ］、と見たまふままに、すこしもの思ひ［逃レガタイ恋ノ思イノ苦シサ］のはるけどころある［晴レテクル］心地したまふ　（賢木）

このモノオモヒの場では、目前にいる女性、藤壺は自分の父の妻である。しかも実は自分の子を産んだ。そして自分は今新しく少女を迎えている。それが藤壺とそっくりである。こうした込み入った関係にある。しかし藤壺をこうして目の当たりにすると、自分の本当の渇望が癒され、晴らされる心地がするという。

これらのように重苦しく今やどうにもできない間柄にあることを反芻するのが、モノオモヒであり、単純な「オモヒ（思慕、恋慕）」とは区別される。モノオモヒは恋する心についてだけいう言葉ではない。「現在、既に追いつめられた状態・境遇にあるが、将来の成り行きも思わしくない」という場合もある。

光源氏は明石から京へ帰って行った。取り残された明石入道の一族のもとで一人娘の明石の君は出産した。一家は置き去りにされるのではないかと、不安に包まれていた。ところが京で女子出生の報せを聞いた光源氏は乳母を選んで明石へと赴かせた。

③子持ちの君［明石ノ君］も、月ごろものを［自分ノ運命］をのみ思ひ沈みて、いとど弱れる心地に、生きたらむ［生キテイラレヨウ］ともおぼえざりつるを、この御おきて［光源氏ノトリハカライ］の、すこしもの思ひ［逃レガタイ苦シミ］慰めらるるにぞ……（澪標）

モノオモヒは、このように追い込まれてしまった自分にはどうにもできない苦しみまたは悲しみを思うことの他に、人の死後、残された人々の限りない、思い詰めた悲しみをいうこともある。

夫の柏木を亡くしてしまった落葉の宮邸の様子について、

④もの思ふ宿は、よろづの事につけて静かに心細く暮らしかねたまふに　（柏木）

と書き記されている。夫を失った落葉の宮が取り残された運命の悲しさに沈んでいるというのである。

紫の上の野辺の送りをして一年、光源氏は次の歌を詠んだ。

⑤もの思ふと過ぐる月日も知らぬ間に年もわが世もけふや尽きぬる「愛スル人ヲ亡クシテ、運命ノ悲シサヲ身ニシミテ味ワウウチニ、月日ノ経ッタノモ分カラナクナッテイタガ、思エバ今年モ、ソシテ私ノ一生モ、確カニ今日デ終ワリニナッテイクコトダ」　（幻）

このようにモノオモヒ・モノオモフは恋にせよ、境遇にせよ、人の死にせよ、それが逃れがたい成り行きとして迫ってきて、胸が詰まる心持ちを反芻するときにいう言葉だった。

その思い詰めた胸中の恋や怨みがあまりに厳しく強いときには、その人の魂はその体を抜け出して辺りを「あくがるる［彷徨スル］」ものだと平安宮廷ではいわれていた。

六条御息所は光源氏に限りなく深く執着していた。その執念は生霊《いきすだま》となり、また怨霊《もの》として光源氏に愛された女性達に次々と取りついていった（Ⅴ「怨霊」というモノ」二三〇ページ参照）。光源氏の正妻葵の上の出産に際しても、葵の上に乗り移り、葵の上の口を借りてこう言っている。

⑥もの思ふ人の魂はげにあくがるるものになむありける［怨ミニ凝ッタ人ノ魂ハ本当ニ体ノ外ニサマヨイ出ルモノナノダト自分デ分カリマシタ］（葵）

ここでいうモノオモフは「恋に執着し、それが怨みへと凝っていった」ということだと思われる。このようにモノオモフ・モノオモヒは単なるオモフ・オモヒよりもずっと、強く厳しい意味を担っていた。

ちょっとひと休み③　『蜻蛉日記《かげろうにっき》』の著者の話（一）

世間に美人は多い。しかし美人の中の美人がいる。昔、私はその一人を見たことがある。

そのころ、私は高等学校の生徒だった。渋谷駅から今の東急本店に行く道の右側に、ジャーマンベーカリーという洋菓子を食べさせる店があった。いつものように友達とたむろして駄弁《だべ》っていると、まあ何とも美しい女性が入ってきた。黒い髪、顔形《かおかたち》の整って輝く品格、おっとりと物を見る眼が明るい。若さを清楚が包んでいる。数人のお伴を従えている。私は息を呑んだ。

それはその時代の代表的な女優、入江たか子なのだった。彼女を取り巻いていた人達を私は女中さんと思ったのだが、後で聞くと、みなひとかどの名のある女優だという。鶏群の一鶴という言葉があるが、ああ美人とはこういう人をいうのだと思った。

『蜻蛉日記』の著者、藤原道綱母《みちつなのはは》と聞くと、私はこのことを思い出す。『尊卑分脈』に道綱の母は「本朝第一美人三人内也」と書いてある。彼女の筆になる『蜻蛉日記』を読むには、このことを忘れてはならない。

本朝第一の美人であると自信を持つことは、彼女にとって財宝があるよりも、頭が良いよりもはるかに誇らしいことであった。本朝第一の美人は夫によって絶対に愛されなくてはならない。夫は「三十日三十夜《みそかみそよ》は我がもとに」通って来なくてはならない。来ないということはあり得ないのである。他の女性に通ったりするなどとんでもない。気に入らないときには、些細なことでも夫に当たる。ききたくない口はきかないでいい。頼まれた縫い物を断ってもいい。

せっかく訪れた夫に、喜びの表情を示すよりも、途絶えの不満をまずうちつける。夫、藤原兼家はたまらず「宮中に召された」などとたちまちに引き上げてしまう。彼女はいよいよ怒りに煮えたぎる。『蜻蛉日記』の内容はこうしたことの繰り返しである。

『蜻蛉日記』の文章を読んでいく上で、もう一つ大事なことは、第二夫人ではあったが、彼女は正式な妻であったことだ。紫式部、清少納言などは夫を亡くした寄る辺ない女房で、皇族や大臣家の人々の雑用係である。夫が生きていたとしても、貴族のはしくれ、五位の階層の人物でしかない。しかし、道綱母の夫、兼家は蔵人頭《くろうどのとう》から累進して、後には関白となった。その男の妻である。このことも忘れてはならない。

美人であると自ら信じる女性はその格をもって行動する。夫の社会的地位の高い人の妻であれば、その位をもって人に対するだろう。

『源氏物語』と『蜻蛉日記』の文章との間にある顕著な差違の原因の一つはここにある。例を一つ出そう。

モノスという言葉がある（これについては六八ページ以下に詳しい）。この言葉は主として、「行く、来る、在る、居る」という意味を兼ねて表している。そして『源氏物語』では「給ふ」とか「らる」とか「させ給ふ」など尊敬の助動詞がついて使われることが圧倒的に多い。それなしで使われているのは、モノスのうち一割ほどしかない。そして、敬語なしでモノスを使う人物は、光源氏とか朱雀院、薫、柏木など、皇族・大臣家の人々で、自分より下の人を相手にしてものを言う時に限られている。中でも、自分の動作を自分でモノスと表現しているのは、二十例あまりしかない。例えば、

①［光源氏ガ惟光《コレミツ》ニ］「尼君のとぶらひにものせん［行クヨウナ］ついでに……」とのたまひけり（夕顔）

②［朱雀院ガ女三ノ宮ニ］「さらば、かくものしたる［来タ］ついでに、忌むこと受けたまはんをだに結縁《けちえん》にせんかし」とのたまはす（柏木）

③［光源氏ガ夕霧ニ］御消息《せうそこ》、「こなた［玉鬘《タマカズラ》ノ居ル所］になむ、いと影涼しき篝火《かがりび》にとどめられてものする［居ル］」とのたまへれば（篝火）

④［宇治ノ八ノ宮ガ娘ニ］「今朝より悩ましくてなむ、え参らぬ。風邪かとて、とかくつくろふとものする［アレコレスル］ほどになむ

……」と聞こえたまへり（椎本）

これを見ると、下の者に対して自分の動作をモノスというのは、皇族や上位の貴族に限られていることが分かる。しかもその例は少ない。

ところが『蜻蛉日記』を見ると、日記としては例外的に約二百三十例という多数のモノスがある。そのうち、尊敬の助動詞がつかないモノスが二百例あまりある。しかもそのおよそ四割、約九十例が、作者自身つまり道綱母の自分の行動に使われている。例えば、

⑤紫野《むらさきの》どほりに、北野にものすれば［行クト］、沢にもの摘む女《をむな》わらはべなどもあり（蜻蛉日記・天禄三年閏二月）

⑥［鳴滝般若寺《ナルタキハンニャジ》へ］いにしへ、もろともにのみ、時々はものせし［来タ］ものを（蜻蛉日記・天禄二年六月）

この使い方は、『源氏物語』の光源氏や薫の言葉遣いと同じで、位の高い人が自分で自分の動作について使うものである。同じ日記といっても、モノスの例は、

土佐日記…………一例
紫式部日記………二例
和泉式部日記……一例
更級日記…………一例

という具合で、極めて少ない上に全てモノシ給フという形をとっている。自分で自分のことを言った例はない。高位の男の妻として、道綱母がいかに高い姿勢で生きて言葉を使っていたかが、これによってよく分かる。

ものわすれ【もの忘れ】

モノワスレは現在でも使う。現代では「覚えていたはずのことなのに、すっかり忘れて、さっと思い出せないこと。失念」をいう。それならば、『源氏物語』や『枕草子』ではどうだったか。

先に見たように、モノという言葉にはそれなりの一貫した意味がある。モノワスレのモノもそうした一連の意味に属している。ここでは「動かしがたいこと」といえばおよそ当たる。それは過去に既に起きたことにも、現在の事実についてもいい得る。例を見るとしよう。

光源氏は夕顔に死なれて、寂しさに空蟬のことを思い出す時があった。軒端荻《のきばのおぎ》に対しても、事に触れては手紙を出したりすることもあるらしい。

①［以前、覗キ見ヲシタ時ニ碁ヲ打ッテイタ二人ノ姿ヲ］灯影《ほかげ》の乱れたりし［時ニ見タ］さまは、また［再ビ］さやうにても見まほしく［見タイト］思す。［光源氏ハ］おほかた、なごりなき［跡形モナイ］もの忘れをぞ、えしたまはざりける　（末摘花）

光源氏という人はここにいう「なごりなきもの忘れ」をすることができない人であったという。ここで光源氏が忘れ得ないのは「その二人の女性との当時の交渉のいきさつ、二人との間に生じた様々の出来事」である。だから、ここのモノワスレのモノは「消すことのできない過去の男女の交情」であろう。

初時雨の来そうなころ、珍しく朧月夜《おぼろづきよ》から歌が来た。「あなたをお待ちしている間に時が経ちました」とあるのを見て光源氏は返事を書いた。「お便りを差し上げても甲斐《かい》もなかったので、それに懲りて気力を失いました。我が身ばかり辛くて」という詞書に続く歌に添えて、

②［アナタト］心の通ふならば［トキニハ］、いかにながめの空も［ドンナニ長イ雨ノ日ノ思イニフケル時デモ］もの忘れしはべらむ　（賢木）

と書いた。「もの忘れしはべらむ」とは「あなたとの苦しかった過去のいきさつを忘れるでしょう」の意であろう。

大君のことが忘れられない薫は、

③例の、秋深くなりゆくころ、［宇治訪問ハ］ならひにしことなれば、［日毎ノ］寝ざめ寝ざめにもの忘れせず、あはれにのみおぼえたまひければ、宇治の御堂造りはてつ［完成シタ］と聞きたまふに、みづからおはしましたり　（東屋）

とある。

大君と交わした言葉、間近にいて夜明けを共にした暁など、今は過ぎ去った出来事のいきさつ、成り行きが薫の心にはしっかりと刻まれていた。それを思い返すことは悲しい。このモノも「男女の交情の動かしがたい記憶」である。次のモノワスレも大君を忘れることのできない薫のことである。

④かの君［薫］は、いかなるにかあらむ、あやしきまでもの忘れせず　（東屋）

『紫式部日記』の「行幸近くなりぬとて」の段によれば、暁まで紫式部は藤原道長を待っていた。約束の夜が明けて行くのに、道長はついに現れなかった。それが自分の将来にとって何を意味するのか。紫式部にはよく分かった。

⑤いかで、いまはなほもの忘れしなん、思ふかひもなし、罪も深かなりなど、明けたてばうちながめて　（紫式部日記）

紫式部が「やはり忘れてしまおう」としているのは道長との間の「男と女としての動かしがたい出来事」である。それを思い返しても甲斐はない。記憶に確かなその行動は、在家の信者のための五つの戒律、殺生《せっしょう》・偸盗《ちゅうとう》・邪淫《じゃいん》・妄語《もうご》・飲酒《おんじゅ》の中の一つに当たる。紫式部は夜が明け離れるまで庭を眺めて、それらの思いに耽った（八九ページ参照）。

『枕草子』にも例がある。

⑥女などこそさやうのもの忘れはせね、男はさしもあらず、よみたる歌などをだになまおぼえなるものを　（枕草子・一六一段）

「女などこそ、男との間の出来事を忘れることはしないが、男はそんなことはない。女に贈った歌などですら、いい加減に覚えている」という。

モノワスレはしかし、男と女の間の忘れがたい交渉のいきさつだけでなく、もう少し広く「動かしがたい過去の出来事、いきさつ」を指すこともある。

桐壺院が亡くなった後、妹の女五《おんなご》の宮《みや》は頼るところも少ないのに、もう一人の兄の式部卿《しきぶきょう》の宮《みや》にも先立たれて、辛うじて生き渡っていたが、光源氏が訪れてくれた。女五の宮は、

⑦かく立ち寄り訪はせたまふになむ、もの忘れしぬべくはべる　（朝顔）

と言った。ここにいうモノワスレとは「過去のどうにもできない苦しかった状況、いきさつも忘れてしまう」ということである。

光源氏は須磨から明石へ移って、明石入道のもとでくつろぎ、箏《そう》の琴を取り替えて、その演奏を聞いたりした。光源氏は自ら拍子を取ったり、声を添えたりした。

⑧御くだものなどめづらしきさまにて参らせ、人々に酒強《し》ひそし「無理強イ」などして、おのづからもの忘れしぬべき夜のさまなり（明石）

ここにいうモノワスレとは「都を離れ、ここに下った過去の苦しい、やむを得なかったいきさつなどを忘れること」である。こうしたモノワスレはいくつもある。

以上挙げてきたように、モノには「動かしがたい運命、また個々人にとって変容できない過去の男女関係、あるいは事のいきさつ」などがある。具体的には様々であるが、そこにはモノの一貫した「不可変」という意味が通っている。モノワスレとは現在にいう「失念」ではない。

ものを〔助詞〕

これまではモノチカシ・モノサビシあるいはモノオモヒ・モノワスレなど、言葉の上に加わるモノを見てきたが、運命とか動かしがたい事実という意味は、文の終末に使われる助詞モノにも明確に見出される。

①しばし見ぬだに恋しきものを〔ニキマッテイルガ〕、遠くはましていかに〔ドンナニ恋シイダロウ〕　　（須磨）

②法師〔トイウモノ〕は〔タトイ〕聖《ひじり》といへども〔ト言ワレテイル人デモ〕、あるまじき横さまのそねみ〔曲ガッタ嫉妬心ガ〕深く、うたてある〔嫌ナ存在デアル〕ものを〔キマッテイルガ〕　　（薄雲）

モノヲという助詞は普通は「……のに」と訳して当たることが多い。例えば、

③睦《むつ》ましうなつかしき方には思したりしものを〔オ思イダッタノニ〕（花散里《はなちるさと》）

のようなものである。しかし、ここに挙げたモノヲは単に「……のに」という意味ではなく、「……するのがきまったことであるのに」と訳すことによって文脈がより明確に理解される。モノヲのこの使い方は平安時代に初めて登場したのではなく、『万葉集』にも少なからず見出される。

④秋さらば　相見むものを　何しかも　霧に立つべく　嘆きしまさむ〔秋ニナッタラ必ズ再会デキルニキマッテイルノニ、ドウシテ霧ト見エルホドニ、深イ溜息ヲツクノダロウ〕（万葉集・三五八一）

⑤天地《あめつち》と　共にもがもと　思ひつつ　ありけむものを　はしけやし　家を離れて〔天地ト共ニイツマデモ生キテイタイト思ッテイタニキマッテイルノニ、アワレ家ヲ離レテ〕（万葉集・三六九一）

これらのモノヲのモノは「きまっている」「不変のことである」の意で、それに助詞のヲが加わったのである。

つまり、この助詞のモノヲのモノの基本的意味も、モノイヒ、モノワスレなどのモノと一つの系列に属している。

ものがたり【物語】

モノガタリといえば、和歌と並んで王朝文学の中軸を占めるジャンルである。現存する作品についてだけでも、注釈・作品論・文学史的論議など、それこそ無数の著作や論文が活字になっている。しかしその論考の中に一つだけ欠けているものがある。それは我々の興味を引きつけて止まないモノガタリというジャンルに何故モノガタリという名がついたのかということである。モノとは何を意味したか。カタリとは何か。それに立ち入って吟味を加えた論文は見たことがない。幾千の論考の中で、モノの意味は置き去りにされて長い年月が過ぎてきた。アハレの研究によって平安朝女流文学の中核を明らかにした本居宣長《もとおりのりなが》ですら、モノノアハレのモノ、モノガタリのモノについては説明をしていない。また、カタリの意味の考察もおろそかである。私はここでモノとカタリについて述べ、モノガタリというジャンルがどんな意味をもって登場してきたのか、どんな意味を併せ持って使われていたのかを考えてみようと思う。

モノガタリはそのころ、女手《おんなで》といわれた平仮名で書かれ、お姫様のお付きの女房が読みあげて聞かせるものだった。一人が読むと、お姫様を始め年少の男子や幾人もの女房が集まってそれを聞く。声だけで伝承されてきた話を、仮名文字という新しい媒体で写すだけでなく、初めから仮名文字で書き綴って創作する新しい分野が開けた。それだけに新たな工夫を凝らした作品が次々に生み出された。平仮名が広まり、『古今《こきん》和歌集』がそれで書かれてからおよそ百年、当時、紙は貴重品であったし、筆や墨もたやすく手に入るものではなかった。しかし、女性のための学校などはなかったから、漢字、漢文を習わない女子のために、こうした形式の新しい文芸が発達し、広まったのも自然の成り行きだった（朝鮮でも、漢字、漢文が社会で専ら学ばれ使われていたが、日本の仮名に当たるハングルが、国王の命令で学者達の会議によって一四四六年に作られたとき、アムクル〈女文字〉といわれ、それによって朝鮮語の口語による物語が作られた。女子が集まってその読み上げを聞いたという。同じような文化状況ならば、場所や時間が隔たっていても同じようなことが起こるものである）。モノガタリには要所要所に絵がついていた。お姫様は絵を見ながら、お話を聞いた。絵入りである点は現代の漫画と基本的に同じである。

さて、モノガタリがモノとカタリの複合だということには異論はないだろう。モノは既に説いてきたように、「運命、動かしがたい事実、世間的制約、世間的に決まっていること」などの意味を持っていた。これと複合するカタリとは何だろう。

平安時代のカタルは現代語の「話す」に近い。しかし少し違う。『源氏物語』などに見える使い方はおよそ四つに分けられる。

まず、1「内密のこと、秘密を相手に打ち明ける」という意味を持っている。例を見よう。

三か月になったので、藤壺の懐妊はもはや明らかになってきた。藤壺の不調という報せを受けて、帝はしきりに見舞いの使いを立てた。藤壺の悩みは深刻だった。光源氏は異様な夢を見た。夢占いを召して問うと、思いもかけないことを言う。光源氏は煩わしく思って、これは、

①「みづからの夢にはあらず、人の御ことをかたるなり。この夢合ふまで、また人にまねぶな［人ニ伝エルナ］」とのたまひて（若紫）

このカタルは「秘密を打ち明ける」という意味である。

2「相手の知らない状態、内情を報せる」という意味がある。この例が最も多い。須磨に退去している光源氏を訪問した筑前守《ちくぜんのかみ》は、

②泣く泣く帰りて、［光源氏ノ］おはする御ありさまかたる（須磨）

これは「ありさまを語る」「さまを語る」のように、実際の状態や様子を、話す相手に向かって報せることで、例の半分くらいを占めている。

カタルのいま一つの意味は、３「事柄の成り行きを、順を追って話す」ことである。これは１または２の意味と重なるので、特に立てるほどのこともないが、次の例などはこれに当たるだろう。

女一の宮の御病気のために、夜居にお仕えした僧都《そうず》は物怪《もののけ》の執念深いことが話題になったついでに、一つの出来事をその展開に従って話した。

「稀有《けう》のことに遭いました。この三月に私の老母が初瀬《はつせ》詣《もう》でをしました。帰途、中宿りとして宇治院と申しますところに宿りましたが、長年にわたって人も住まないままの、古びた所には必ずよくないものが住みつき、重病人に悪さをしたりするのではないかと思いました。予想の通り」と言って、

③かの見つけたりし事どもをかたりきこえたまふ　（手習）

この僧都は身投げしきれずにうずくまっていた浮舟を発見した状態を、順を追って言葉にしたのである。

カタルについては、現代語には「騙《かた》る」という意味がある。これは江戸時代以後の文献に見えるもので、平安時代の文学に使われたとは普通いわれて

いない。しかし、『類聚名義抄《るいじゅみょうぎしょう》』という平安末期の漢和字書を見ると、「誑」の字にカタルという訓がある。『色葉字類抄《いろはじるいしょう》』という、和語に当てる漢字を求める字書（平安末期）にも、カタルという和語を書く漢字の中に「語」「談」などと並んで「誑」がある。「誑」は「ねじけごと」「おもねる」「かたよる」という意味の字である。また『色葉字類抄』のカタルの中には「謾」がある。『類聚名義抄』の「謾」にはカタルという訓はないが、アザムク・イツハルとある。藤堂明保氏の『学研漢和大字典』には「謾」に「真実をことばでおおいかくす。たぶらかす。表面をいつわる。表面のごまかし。でたらめ。うそ」とある。だから、平安時代のカタルには、「誑」「謾」の表す「作為的な言葉を弄《ろう》する」という意味があった。つまり、現代語の「騙《かた》る」に共通する意味の要素が、平安時代のカタルにもあったと見られる。そこで、カタルに4「作為的な言葉を使う」という訳語を立てようと思う。

4の意味のカタルの例が『源氏物語』の若菜上の巻に見出される。その理解には、前後の文脈を確かに把握することが必要だから、ここに出来事の流れをやや詳しく述べよう。

光源氏は朱雀院の言葉によって、その皇女、女三の宮を親ざまという形で迎え入れた。これは当然、紫の上に深い悲しみを与え、それがもとで彼女は病む身となっていく。ところが迎えてみると、女三の宮は年端もいかず、心も行き届かない存在で、紫の上と比べるとかなり見劣りする女性なのだった。おのずから光源氏の愛情は彼女に深まることもなく、彼女を訪れることも少なくなり、女房達の間でそれが囁《ささや》かれるようになった。

光源氏の長男、夕霧は以前、女三の宮の婿選びのときの候補者の一人であったから、彼女についての関心が無いわけではなかったが、以前、夕霧は義母である紫の上を実際垣間《かいま》見る機会があった。その静やかな挙措、優しい心持ち、人を傷つけず、自分自身にこまやかな気遣いをして奥ゆかしく振る舞うさま。それに比べて女三の宮は皇女という身分であるのに、光源氏の特別の愛を得る魅力もなく、ただ光源氏が世間の人目を慮《おもんぱか》って体裁を整えておいでになるだけなのだと分かるのだった。ところが、夕霧の友人柏木は心優しい男で、以前女三の宮の婿選びの話があったとき、これも候補者の一人に入っていた。それ以来、柏木は女三の宮にずっと心を引かれていた。

光源氏の邸宅六条院で蹴鞠《けまり》の遊びが催されたとき、夕霧と柏木はそれに加わっていた。庭の蹴鞠を眺めようとした女三の宮は不用意にも几帳のすぐ傍に立っていた。唐猫が走り廻り、猫の長い首紐が御簾《みす》の端を巻き上げた。それを引き直す女房もいなかったので、若い女三の宮の袿《うちき》姿が御殿の南面の階段にいた夕霧と柏木からはあらわに見えた。気づいた夕霧が警告の咳払いをしたので、その人影は奥に隠れたが、モノトホク（一六ページ参照）人に対すべき貴族の女性としては、心配りの浅い人だと夕霧には思われた。しかし、柏木はその「貴《あて》にらうたげ」な姿を目の当たりにして、あれが女三の宮であったかと胸をかき乱された。

二人は同車して六条院から帰ったが、その途中、柏木は女三の宮を話題にしたい思いに駆られて、「院（光源氏）は紫の上のところにばかりおいでのようで。特別の御寵愛《ごちょうあい》ですからね。この宮（女三の宮）はそれをどうお思いでしょう。主上（朱雀院）が並ぶ者なく愛してお育てになったのに、今はそれほどのことがなくて宮は沈んでおいでだろうと思うと心苦しいんです」と筋違いのことを言う。夕霧は答えた。

④「たいだいしきこと［トンデモナイ］。いかでかさはあらむ［ドウシテソンナコトガ］。こなたは［紫ノ上ハ］、さま変りて生ほしたてたまへる睦びのけぢめ［幼少ノコロカラオ育テシタトイウ親シサノ特別扱イ］ばかりにこそあべかめれ［ダケノコトデショウ］。宮［女三ノ宮］をば、かたがたにつけて［ドチラニ対シテモ］、いとやむごとなく思ひきこえたまへるものを［非常ニ大切ニオ思イナノニ］」とかたりたまへば、［柏木ハ］「いで、あなかま、たまへ［オ止メ下サイ］。［状況ハ］みな聞きてはべり。いといとほしげなる［全クオカワイソウナ］をりをりあなるをや［折ガアルトイウコトジャアリマセンカ］。さるは［実ハ朱雀院ノ］、世におしなべたらぬ人の御おぼえを［御寵愛デアッタノニ］。［コンナ冷タイオ扱イハ］ あり難き［稀ナ］わざなりや」といとほしがる

（若菜上）

ここにある「かたりたまへば」は注釈書では「お話しになると」とするのが一般である。しかし、文脈をよく見れば、ここは単に「お話しになった」のではない、光源氏にとって女三の宮は期待はずれの女性であったこと、紫の上と比較すれば、到底及ばない存在であること、したがって女三の宮への訪れが途絶えがちであることを夕霧は既に知っていた。それだけに、夕霧は柏木の持ち出した話題を逸らそうと意識的に事実に反することを口にした。それがこのカタルである。柏木はそれを見抜いて夕霧を遮り、「自分はかねて噂を耳にしているんですよ」と強い反撥の言葉を発した。

この「かたりたまへば」は前に記した平安時代の漢和字書に見える「詖」「諚」が表す意味のカタルの一つの例である。

ここでモノガタリについて一つ現代語との違いを記しておこう。現代語には「物語る」という動詞がある。しかし平安時代には、モノガタルという動詞は漢文訓読には稀にあるが、いわゆる女流文学にはない。モノガタリスという。モノガタリという名詞が成立していて、それを動詞にするにはモノガタルと活用させず、それを語幹としてスを加え、モノガタリスとする。これは当時モノガタリが名詞として、しっかりとした概念が確立されていたことを示唆している。

以上のことを含んだ上で、モノガタリの実例に入っていくことにしよう。

『源氏物語』の絵合の巻に、

⑤まづ、物語の出で来はじめの親なる竹取の翁《おきな》に宇津保《うつほ》の俊蔭《としかげ》を合はせてあらそふ　（絵合）

とある。「竹取の翁」とは竹取翁が竹の中から美しい少女を得て養育したが、その美少女は多くの男性の求婚に応ぜず、天皇の申し入れに対してもそれを受けず、最終的には自分は月の世界の者であるといって、昇天してしまったという筋で、その竹取の翁の運命がかたられている。ここにいうカタリは右に述べた4の意味のカタリ、つまり、作為的な言葉で綴られた作品である。『宇津保物語』の俊蔭は、十六歳で遣唐使に選ばれたが、渡唐の途中暴風に遭って波斯《はし》国に漂流、ここで琴を学び、三十九歳で帰国、宮廷で寵愛を受けた。この俊蔭の数奇な運命の展開をかたった作品が「宇津保の俊蔭」である。

この種のモノガタリについて『枕草子』一九五段には「物語などこそ、あしう書きなしつれば［下手ニ書イテアルト］、言ふ甲斐なく、作り人さへいとほしけれ［気ノ毒ダ］」とある。ここに「作り人［作者］」という言葉がある。この種のモノガタリは今日の言葉でいえば虚構、つまり4の意味でのかたる作品、「作り物語」である。

この「作り物語」について『源氏物語』の蛍の巻に、「まことにやいつはりにや」いろいろな話があると書かれている。そして、まことは全く少ないだろうに、それと知りながら、そんなそぞろごとに騙《だま》されて人はこれに熱中する、と光源氏は玉鬘をひやかしている。とはいえ、人生の真実をいつわりの言葉によって表現し、はかないことと知りながら読者の心を動かし、か弱そうなお姫様に味方したい気分にさせたりする。

モノガタリは単なる虚事《そらごと》ともいえない、という光源氏の言葉に、若い玉鬘は「私などには全くのまことのことと思われます」と言う。光源氏も「神代から世にあることと記しておいたという『日本書紀』などは、ただ片端のことを書いたに過ぎない。こうしたモノガタリにこそ、人生の真実の姿、その詳しい様子が書いてある」と笑う。ここでいうモノガタリとは「人の運命を虚構の言辞で書きあげた作品」ということである。

『竹取物語』『宇津保物語』の系列に、『源氏物語』がある。これは「光源氏の出生から死去までの一生の運命《モノ》を虚構の言葉によって造形した作品」であり、いわゆる「宇治十帖」はその補遺として次代の若者達の恋愛の運命を語っている。『平家物語』もまた「平家一門の盛衰、運命《モノ》を筋とする作品」である。

つまりモノガタリとは、まず第一に人間の運命《モノ》の展開を虚構の言葉によって、字に書きつける作品ということであった。作者は光源氏に「『日本書紀』などは史実の書として有名だが、モノガタリにこそ真実の人生がある」と言わせている。実際に『日本書紀』と『源氏物語』とを読み比べて見れば、誰の目にもそれが全く正しい発言であることとあきらかである。

そのころには、ムカシガタリという言葉もあった。これは「昔話」とでもいうべき、口誦《こうしょう》のお話にすぎなかったが、そこにモノが加わってモノガタリ、さらにムカシモノガタリとなると趣がすっかり変わった。

ムカシモノガタリといえば、昔から伝承されてきたモノガタリであることを明示するものである。人々はモノガタリに登場する人物の動きに一喜一憂し、その衣装にまで鋭い注意を向け、その人の運命の展開に注目した。

⑥昔物語にも、人「登場人物ノ」の御装束をこそまづ言ひためれ「最初ニ述ベテイルヨウデス」（末摘花）

⑦限りなき帝の御いつきむすめも「大切ニオ育テニナッタ娘モ」、おのづからあやまつ例《ためし》「フト過チヲ犯ス例ガ」、昔物語にもあめれど「アルヨウデスガ」（少女）

しかし、ムカシモノガタリといえば、そうした「昔からある虚構の話、作り物語」ばかりではなかった。

蛍の巻で、光源氏はこうも言っている。一人の人について、全部ありのままということではなくても、良いことと悪いこと、見聞きした人の有様の中で、捨てて置けないこと、後の世まで伝えたいと思うことを、心にしまっておけず、書き手となって書き残し始めたのが、モノガタリであると。紫式部自身もモノガタリについてそんなふうに考えていたと見ていいだろう。

こうした意味で「昔の出来事、忘れることのできない大事な事実を報せる作品」が多数ある。それは既に示したようにモノという言葉が「動かしがたい事実、忘れがたい事実」という意味を併せ持っていたからであり、カタルに2「相手の知らない状態を報せる」という意味があるからである。その例を挙げていこう。

玉鬘は乳母と共に九州から上京して長谷寺《はせでら》に参詣した。そこで母夕顔の女房であった右近《うこん》に再会する。右近は玉鬘が都にいると思っていたが、「田舎に移り住んでおいでであったとは」と玉鬘の乳母と親しく言葉を交わして、

⑧日一日《ひとひ》、昔物語し暮らす　（河内本玉鬘）

とある。一日中、ああいうことがあった、こういうことがあったと過去の事

実を語り暮らしたというのである。

⑨［浮舟ノ］母君［ハ］、昔物語などして［昔ノ事実ナドヲ話シテ］、彼方《あなた》の尼君呼び出でて、故姫君［大君］の御ありさま［ハ］、心深くおはして、さるべきこと［運命的ナ成リ行キ］も思し入れ［シッカリト認識シ］たりしほどに、目に見す見す消え入りたまひにし［亡クナッテシマッタ］ことなど［尼君ハ］かたる　(浮舟)

これも相手の知らない事実を報せるカタルである。ここではムカシモノガタリが「過去の忘れがたい事実を相手に報せること」であるが、ムカシの無いモノガタリだけでも同じことを意味する場合がいくつもある。

大君が亡くなっておよそ一年、薫は気持が苦しくなって宇治を訪れる。川水の音は荒々しく人影もない。弁の尼を呼び出すが、まともには姿を見せない。几帳越しに薫は言う。

⑩いかにながめたまふらん［ドンナニ寂シイ思イデオイデカ］、と思ひやるに、同じ心なる人もなき物語も［忘レラレナイ事実ナドモ］聞こえんとてな

ん［申シ上ゲタイトヤッテ来マシタ］。はかなくも積もる年月かな
（宿木）

モノガタリが事実を語るという点では、過去のことに限らない。現在のこと、一般的なことについて語るのにもモノガタリを使う。

斎宮となった娘と共に六条御息所は伊勢に去った。光源氏は朧月夜の事件で須磨に退去した。そこへ伊勢から便りが来た。

⑪をりからの［六条御息所ノ］御文、いとあはれなれば、御使さへ睦ましうて、［光源氏ハ使者ヲ］二三日据ゑさせたまひて［滞在サセテ］、かしこの物語などせさせて聞こしめす
（須磨）

モノガタリは相手の知らないモノ（事実）をカタル（報せる）ことでもあるから、ここでは伊勢の現況を語ること。モノはこうした現在の事実も指せたのである。このようにモノガタリには「事実を報せること」という意味があるから、『栄花物語』のように和文で書いてありながら、日本の正史を詳しく書くことを目指したと思われる作品の命名にも使われたのだと考えられ

る。

また、「一般的な事実」を指すとすれば、それは「道理」でもある。モノガタリといえば事実を指すとともに、道理を報せることを意味していると見える場合もある。

髪を切った浮舟に思いを寄せるようになった中将（浮舟を養っている妹尼の、死んだ娘の婿）は女房を介して浮舟に向かって言葉をかける。

⑫［私ヲ］はらから［兄妹］と思しなせ。はかなき［コノ］世の物語なども聞こえて［世間ノ無常ノ道理ナドヲオ話シシテ］、慰めむ　（手習）

浮舟はこれに答えて、

⑬心深からむ御物語など［深遠ナ仏道ノオ話ナド］、聞きわくべくもあらぬ［私ニ理解デキルハズモナイ］こそ口惜しけれ　（手習）

と、中将の仏道に関わる話については相手になろうとしなかった。

「世の物語」という言葉に並んで「世の中の御物語」という表現もある。

⑭［葵ノ上ノ死後］三位中将［頭中将］は常に［光源氏ノ所ニ］参りたまひ

つつ、世の中の御物語など、まめやかなるも［真面目ナ話モ］、また例の乱りがはしきことをも聞こえ出でつつ［光源氏ヲ］慰めきこえたまふに

（葵）

「世の中の御物語」とは、世間に起こったさまざまな出来事の話である。このように忘れがたい過去の事実から現在の状況、さらには一般に通じる道理という意味まで表現できるモノという言葉と、それを報せる意味のカタリとの結合したモノガタリは例が多い。

しかし、考えてみると、こうした忘れがたい事実を語り合うのは、その二人の間に、ある信頼関係があり、分け隔ての心が無いときにこそ可能で、そういう関係無しにこうした話を交換することはできない。

光源氏の四十の賀に参上した玉鬘は、光源氏の若々しい姿を見て、

⑮いと恥づかしけれど、なほけざやかなる隔てもなくて、御物語聞こえかはしたまふ

（若菜上）

とある。また、宇治の八の宮は聖だつ阿《あ》闍梨《じゃり》に向かって言った。

⑯「いとかく幼き人々を見棄てむうしろめたさばかりに［不憫《フビン》サニ］なむ、えひたみちに［一途ニ］かたちをも変へぬ［出家シキレマセン］」など、隔てなく物語したまふ　（橋姫）

⑰人々月見るとて、この渡殿にうちとけて物語するほどなりけり　（蜻蛉）

モノガタリスとかモノガタリキコユという表現が会話するという意味である場合には、こうした「うちとけた気持で言葉を交わす」のが大部分である。これはカタルが1「秘密を打ち明ける」という意味を持つからで、モノガタリには「隔てなく」とか「うちとけて」とかいう形容語がついている例がいくつもある。

薫が浮舟に接近したいと思って、弁の尼に対面を求めたときに、

⑱尼君［弁ノ尼］は、物語すこしして［隔テヲオカナイ話ハ少シダケデ］とく［スグ奥ニ］入りぬ。人［女房達］の咎《とが》めつる［気ヅイタ］かをりを［香ノ匂イニヨッテ］、［薫ガ］近くのぞきたまふなめり、と心得てければ［悟ッタノデ］、［尼君ハ］うちとけごとも語らはずなりぬるなるべし

普通ならばうちとけて話をするのだが、薫の匂いがすると女房が言ったのを聞いて、弁の尼は薫が覗き見をしていると感づいて、隔てをおかない物語は少ししかせず、その場を去ってしまったのだろうというのである。（宿木）

中の君は初めて浮舟に対面した。中の君は自分と父親を同じくしながら東国で育った妹、浮舟をなぐさめたいと思っている。

⑲物語などしたまひて、暁方になりてぞ寝たまふ。かたはらに臥せたまひて、故宮［八ノ宮］の御ことども、年ごろおはせし御ありさまなど、まほならねどかたりたまふ（東屋）

これなども右にいう「うちとけて話をする」姿を示すといえるだろう。

モノガタリス、モノガタリキコユという場合にはコマヤカ・シメヤカ・ノドヤカ・ナツカシなどが伴っていることが多いのも、そうした会話の状況を細かく描写するためである。このことはモノガタリスの意味をしっくりと受け取る上で知っておくべきだと思う。

「日ごろの（御）物語」「年ごろの（御）物語」「昔今の物語」「いにしへ今の御物語」「例の御物語」「何とはべらぬ昔物語」などさまざまのモノガタリがあり、それらは起こった出来事、大事と思われる事実を話すわけだが、それが「うちとけた言葉を交わす」という姿勢でなされたことを読み取るべきである。

なお、モノガタリという言葉はまだひと言《こと》も分からない乳児がいかにも話をするかのように発音すること（いわゆる喃語《なんご》）に使われている例がいくつもある。

⑳［生マレテ五十日ノ薫ガ］いと何心なう物語して笑ひたまへる、まみ口つきのうつくしきも［カワイイノモ］　　　　　　　　　　（柏木）

㉑［中ノ君ノ生ンダ若君ガ］ゆゆしきまで白くうつくしくて［カワイクテ］、たかやかに物語し、うち笑ひなどしたまふ顔を見るに、［薫ハ］わがものにて［自分ノモノトシテ］見まほしくうらやましきも　　　　（宿木）

これも機嫌良く乳児が言葉らしい声を出すところから、それをモノガタリスと捉えた言い方だったろう。

平安文学におけるモノガタリは数知れない論文で論じられているが、『源氏物語』や『枕草子』などの実例についていえば、それは人の運命を語る作り話の意から、過去の事実・現在の事実を語ること、うちとけた隔てのない気持で言葉を交わすこと、乳児の喃語に至るまでを表している。これはいくつかの意味を持っていたモノとカタリのそれぞれの意味の組み合わせによって、生み出された意味なのだった。

もののあはれ

アハレという言葉、それの表す観念が、日本の古典文学では大事だということは広く知られている。アハレという言葉は、本居宣長以来、殊に大切だとされて、詳しい研究や議論がある。宣長は「安波礼弁《あはれべん》」の中で、アハレについて詳論した。しかし、アハレとモノノアハレとの区別には一言も触れていない。多くのモノノアハレ論もその点では同じである。そこで、改めてアハレとモノノアハレはどう違うか、モノノアハレとはどんな意味かを考える。初めにアハレが現代の辞書にどう扱われているかを見るとしよう。アハレには次の数多くの訳語が並んでいる。

1　心に愛着を感じるさま。いとしく思うさま。また、親愛の気持。
2　しみじみとした風情のあるさま。情趣の深いさま。嘆賞すべきさま。
3　しみじみと感慨深いさま。感無量のさま。
4　気の毒なさま。同情すべきさま。哀憐《あいれん》。また、思いやりのあるさま。思いやりの心。
5　もの悲しいさま。さびしいさま。また、悲しい気持。悲哀。
6　はかなく無常なさま。無常のことわり。
7　(神仏などの)貴いさま。ありがたいさま。
8　殊勝なさま。感心なさま。

(日本国語大辞典)

これらはそれぞれ的をはずれてはいない。このうちのどれかを当てはめればアハレを理解することはおよそできる。だが、この多数の表現はアハレの使われた場面場面に適うように文脈を考慮して工夫された言い換えを集めたものである。しかしアハレは一語なのだから、これらの訳語を貫いている言葉の個性があるはずである。それを顧みずに、その場その場の訳語を並べただけでは一つの単語の意味記述としては適切を欠く。私はかつてアハレは、アという感動詞と、ハレという囃《はや》し言葉の合成だろうと考えていてそう書いた(『岩波古語辞典』など)。しかし、それは今思うと誤っていた。ではアハレの底を貫く個性とは何か。

アハレのような心情表現を理解する一つの手だては、いきなりそれを分解しようとせず、アハレがどんな言葉と対《つい》になって使われているかを見ることである。例えば『源氏物語』には「劣り、まさり」(梅枝《うめがえ》・東屋)「賤《いや》しう、貴《あて》なる」(東屋)などの対がある。これは反対の観念で対をなしている。また「うるはしう、きよらに」(手習)などは近似する二つの観念を一組にした対である。反対の意味の対を求めることで、その言葉の基本を知る。近似する概念との差を見ることで、その言葉の意味のニュアンスの境界をはっきり認識する。そこでアハレが対をなす言葉を求めるとしよう。

光源氏は若いころから異母弟の蛍宮《ほたるのみや》とは仲良くしてきたのだが、女性のことについて親しく話を交わしたことはなかった。ところが、蛍宮が玉鬘に対して数々の手紙を寄せていると聞いて笑って言う。

①世の末に［蛍宮ガ年ガイッテカラ］、かく、好きたまへる心ばへ［女性ニ対スル深イ関心］を見るが、をかしうもあはれにもおぼゆるかな　（胡蝶）

夕霧は落葉の宮に迫り、あれこれと口説《くど》き続ける。

②言の葉多う、あはれにもをかしうも聞こえ尽くしたまへど、［落葉ノ宮ハ］つらく心づきなしとのみ思《おぼ》いたり　（夕霧）

明石中宮の皇女、一の宮の周囲には、優れた女房が多かった。中には、薫に対して殊更に素振りを見せる女房もいた。また、慎み深く振る舞いながら色めかしい気持を漏らす者もいた。

③［女一ノ宮ニオ仕エシテイル女房ハ］さまざまにをかしくもあはれにもあるかなと、立ちてもゐても［立ツニツケ座ルニツケテ］、［薫ハ］ただ常なき［世ノ無常ノ］ありさまを思ひありきたまふ［アレコレオ考エニナッタ］　（総角）

ここにあるようにアハレとヲカシとが対になって使われたのは『源氏物語』に十四例もある。ヲカシという言葉には「興味が引かれる。面白い。美しい。変わっている。笑うべきである」など多くの訳語があるが、それは基本として陽性の感情を表す言葉である。それの対だから、アハレは平安女流文学では陽性ではない、むしろ悲しさを底に持つ感情を表すのではなかろうか。

そこでアハレが対をなして使われる今一つの型を見る。

④あはれに悲しきことども書き集めたまへり　（明石）
⑤年ごろのはてに、あはれに悲しき御事をさしおきて　（若菜上）
⑥見たてまつる人もやすからずあはれに悲しう思ひあへり　（明石）
⑦いとも悲しうあはれに宮の思し嘆くらむことを、推しはかりきこえたまう

て　（夕霧）

この場合、アハレとカナシは対極にあるのではなくて、近い意味の言葉として並べて使われているものである。ではアハレとカナシとはどう違うのか。

カナシの例を見ると、

⑧大宮《おほみや》の亡せたまへりしをいと悲しと思ひしに　（夕霧）

⑨命短かりけることをこそ、いみじう悲しと思ひて　（蜻蛉）

⑩［遺骸《イガイ》ヲ］をさめたてまつるにも、世の中響きて悲しと思はぬ人なし　（薄雲）

これらはみな人の死に直面したときの気持である。また、出家することも社会的な死を意味した。

⑪この世を別れたまふ御作法、いみじく悲し　（若菜上）

⑫かねて思し棄てでし世なれど、宮人どもも拠りどころなげに悲しと思へる気色《けしき》　（賢木）

また、死去や出家に準じることとして、人との別れがある。

⑬［北ノ方ハ鬢黒ニ対シテ］今は限り［コレマデ］と見たまふに［オ思イナノデ］、さぶらふ人々もいみじう悲しと思ふ　（真《ま》木柱《きばしら》）

こうした、死去、出家、別離に際しての気持を表すカナシは『源氏物語』のカナシ（終止形）のおよそ八割を占めている。ところが、これらとは別のカナシがある。それはカナシの二割近くを占めるが、生きている人間に対する愛情を表すものである。

⑭わがかなしと思ふむすめを　（夕顔）

⑮［紫ノ上ハ、東宮モ女一ノ宮モ］いづれも分かず、うつくしく［可愛ク］かなしと思ひきこえたまへり　（若菜下）

これらのカナシには、「愛しい」とか「心から可愛い」とか「愛着の念が強い」とかいう訳語が与えられている。これは死別とは全く異なって、生きている人に対する感情である。死に直面してのカナシは相手に対する深い愛着があればこそ生じる。生きている子供達に対するカナシも、強い愛情、愛着がある点で共通である。単に可愛いというのではなく、相手を失ったらどうしようという恐れや、その子供に自分の全てを尽くしてもなお及ばないというせっぱ詰まった気持が底にある。カナシはそれを表明している。その点で、この二つ、悲哀と愛着のカナシは基底が同一である。

カナシとは基本的にその人に信倚《しんい》し、愛着している人が死んだ時の気持である。それは、いわば高い崖から下に、急に相手が墜ちて去ったようなものだ。呼んでも呼んでも、もはや声は届かないと自分は知っている。虚空に向かって自分の愛着だけがこの世に残る。己が身は無力、もはや何の働きかけもなし得ない。そのとき人はカナシと思う。愛する意のカナシもこうした喪失に対する恐れを基本に持っている。

カナシを見た目でアハレナリを見ると、アハレナリと感じる対象がカナシとは全く相違していることに気づく。

⑯秋になりゆけば、空のけしきもあはれなるを　（手習）

⑰［玉鬘ニ気持ヲ訴エテイル光源氏ニハ、間近ニイル玉鬘ノ］かやうなるけはひは、ただ昔の［夕顔ノ］心地して、いみじうあはれなり　（胡蝶）

⑱寺のさまもいとあはれなり　（若紫）

⑲［薫ガ御修法ナドヲ始メル手配ヲスル。大君ハ弱リ果テタ身デ、ソレハ辞退シタイガ］さすがに、［薫ガ］ながらへよと思ひたまへる心ばへも、あはれなり　（総角）

右のように「目に見える空の気色、感じられる雰囲気、建物のさま、あるいは相手の心遣い」など、アハレの対象は広い。奈良時代には『正倉院文書』の落書きに「春佐米乃阿波礼《はるさめのあはれ》」とある。これもアハレの一例である。このようにその対象の数が非常に多いだけでなく、それに向かう本人の姿勢がカナシとは全く異なっている。

アハレといえば、「気色」にせよ「けはひ」にせよ「さま」にせよ、その対象が現に存在している。場合によっては、対象は道端の行き倒れの人でもある。それを外から見ている。そこに生じてくる気持である。そして、対象を目で見ているだけではなく、基本的に対象に心の底の共感を抱いている。カナシは対象に対する自分の無力の自覚に発するが、アハレは悲傷のときにも親愛のときにも、時には讃歎のときにも、常に対象に共感の眼差しで向かっている。そこがカナシとアハレの近くて相違する点である。

ではアハレナリとモノアハレナリとはどう違うのか。

単にアハレナリといえば、「月の入りはつるほど」（須磨）とか「隙々《ひまひま》より見ゆる灯《ひ》の光」（夕顔）とか個々のアハレの対象となる出来事・動作・物が提示されて、それに向き合うのがアハレである。

ところがモノアハレナリは、「アハレナリ」とは違うとして「何となくアワレダ」と訳されるのが一般である。それは適切ではないと山崎良幸氏が述べている（『「あはれ」と「もののあはれ」の研究』風間書房、一九八六年）。そこまでは言われる通りである。モノアハレナリのモノは「何となく」ではない。そのことを我々は、ここまでにモノの複合語についていろいろ述べてきた。山崎氏がもっと深くモノそれ自体を「運命」とか「動かしがたい成り行き」として追究されたら、モノノアハレの理解へと進まれただろうにと思う。

モノは平安女流文学では軽い接頭語ではない。モノアハレナリのモノは、ケハヒアハレナリ、サマアハレナリのケハヒ、サマのように、アハレナリの題目・対象である。そして、モノにはきまり、運命、忘れがたい過去の事実、逃れがたく身を取り囲む状況、周囲の状態、という大きな意味がある。モノアハレナリにはそれがはっきり現れている。

光源氏は新しく迎えた女三の宮のところへ、世の慣習の通り三日の間は夜離れなく通って行く。それを見送る紫の上としては、

⑳年ごろ、さも［ソウイウコトナド］ならひたまはぬ心地に、忍ぶれどなほものあはれなり［自分ノ運命ノ悲シサガ眺メラレル］（若菜上）

光源氏は薫を自分の子として抱く。薫は安心してニコニコ笑い、つぶつぶと太って白く可愛い。しかし、これは自分の子ではない。この薫の出生の秘密については他に知る人はない。しかし、思えばはかない人間の縁であると思うにつけて、光源氏は人の世の運命を思って、つい涙をこぼす。今日は薫の五十日の祝いの日だ。涙は禁物と押し拭う。そして白楽天《はくらくてん》が五十八歳で初めて一人の男の子を得たときの詩を思い出す。口ずさむ。自分は今四十八歳

で、白楽天より十歳若いのだが、

㉑［人生ノ］末になりたる心地したまひて、いとものあはれに思さる［運命トイウモノノ悲シサガ反芻サレル］（柏木）

宇治の中の君が匂宮と対面するときには、匂宮は限りなく心深く語ってくれるので、この方は心変わりをすることはよもやと思う。訪れが途絶えても何か障りがあるのだろうと自分を慰め、時が経つのを堪えている。それなのに、

㉒［匂宮ハ近クマデオイデニナリナガラ寄ラズニ］うち過ぎたまひぬるを、［中ノ君ハ］つらくも、口惜しくも思ほゆるに、いとどものあはれなり［自分ノ運命ガ悲シク眺メラレル］（総角）

中の君はつらく口惜しく、これが自分の運命だと思って眺めている。

薫は宇治へ弁の尼と浮舟を連れて行く。自ずと薫は亡き大君を思い出してしまう。薫の歌を聞いて弁の尼は涙をこぼす。薫自身も秘かに鼻をすするが、一方では、それを知らずに脇にいる浮舟がどう思うだろうと辛く思う。

㉓［薫ハ］「あまたの年ごろ、この［宇治ノ］道を行きかふ度《たび》［ノ］重なるを思ふに、そこはかとなくものあはれなるかな［自分ノ運命ノ悲シサヲ感ジルコトヨ］……」と（東屋）

右に挙げた例を見て気づくことがある。それはモノアハレナリの個々の例文を引く際には、事情をこまごまと説明しておく必要があることである。モノアハレナリが「自分の運命を悲しいと眺める」ことであると納得するには、それ相応の前からの事情、由来を述べなければならない。

モノは「何となく」と訳され、あるいはモノがついていない形と同然に扱われてきた。それはモノの理解に当たって、普通の単語のように直前直後の単語との意味上の狭い範囲の直接的関係を見るだけの目でモノを見てきたからである。実はモノは長い文脈の展開を受けて、それを運命と見る、動かしがたい成り行きと見るということを表す言葉なのだ。その視角の欠如からモノを「何となく」と受け取って済ませてきたのではなかろうか。

モノには今一つの用法がある。それはモノが動かしがたい成り行きとして展開していく季節のありようを指す場合である。日本人は四季の中にいて、それを眺め、その変化を心深く感受しながら生きていく。それがこのモノアハレナリに現れている。

㉔秋の夕のものあはれなるに　（横笛《よこぶえ》）
㉕時雨うちしてものあはれなる暮つ方　（葵）
㉖荒き風の音にも、すずろにものあはれなり　（野分）
㉗入り方の月の山の端近きほど、とどめ難うものあはれなり　（夕霧）
㉘雪うち降り、空のけしきものあはれに　（若菜上）

モノアハレナリで描写されたこれらの自然を、季節についてみると、そのほとんどが秋から冬にかけてである。「自然の推移」が悲しさを底流とする共感を呼ぶのは、秋から冬のことになるのだろう。しかし、それは「何となくあわれだ」ということではない。はっきりと「人間には動かしがたい、季節の成り行きがあわれと眺められる」ということである。だから「深き秋のあはれ」（葵）とか「秋のあはれを知り顔に」（薄雲）のように「秋のあはれ」という一語が成立している。これに対して「春のあはれ」という言葉は『源氏物語』には見出されない。

このようにモノノアハレナリを解することを承けて、モノノアハレに進むことにしよう。

モノノアハレという言葉については、既に多くの言葉が費やされている。モノノアハレは日本の美の一典型であるとか、日本の究極の美意識であるとか、むしろモノノアハレは作品を離れて独り歩きしている。ここではそうした祭り上げられたモノノアハレではなくて、実際に平安時代の原作でモノノアハレにはどんな概念が与えられていたのか。それは作者達によってどう使われたか。その視点から見ることにしよう。

目に入るモノノアハレの最も古い例は、仮名文の祖といわれる紀貫之《きのつらゆき》の『土佐日記』にある。

紀貫之が都へ向けて船出すると、国守の兄弟などが酒を持って海辺を追い

かけてきた。別れがたいという。磯に下りて酒を酌み交わし、歌を交換して別れを惜しんだ。すると、その間に、

㉙楫取《かぢとり》もののあはれも知らで、己《おの》れし酒をくらひつれば、はやく往《い》なんとて

（土佐日記・十二月二十七日）

と展開する。ここには、楫取が「もののあはれも知らで」とある。これはモノノアハレという一つの観念が既に世に存在しているのに、楫取はそれを知らないといっているわけである。

ここに「知らで」とあることが注意を引く。『土佐日記』から『栄花物語』までを含めて三十例ほどのモノノアハレがある。ところが、「もののあはれ知り顔なる」（後撰和歌集・一二七一詞書）、「もののあはれ知られず侍る」（宇津保物語・吹上の上）、「もののあはれ知らせ顔なる」（枕草子・八五段）など、モノノアハレは「知る」という言葉と結びつくものが例の約半分に及んでいる。つまり、当時の平安宮廷ではモノノアハレという一つの観念が確立しており、それは人として知っているはずのこと。知らないようでは一人

前でないことという色合いを含んでいた。

このモノノアハレは三つに分析できる。モノとノとアハレである。モノが「きまり、運命、動かしがたい事実。世の人がそれに従い、浸る以外にはあり得ない自然の移り行き、季節」などを意味することは既に述べた。ノは名詞と名詞との間に入って「存在の場所、所属の場所」を確定する助詞である。アハレは「共感の眼差しで対象をみるときの人間の思い」である。この三要素からモノノアハレは成っている。思いといってもそれは喜びではなく、むしろかなしさにひたされている。

だから先に見たように、別れの酒を酌み交わす人々に向かって「いい風が吹いてきましたぜ。潮も満ちてきた。さっさと行きましょう」と自分だけ酒を飲んでしまって、騒ぎ立てる楫取は「人間の、避けがたい別れという運命のあわれさ」を知らないと紀貫之によって記録されたわけである。

紀貫之はいま一つモノノアハレという言葉を書き残している。『後撰和歌集』一二七一番の詞書に、

或る所で簾《すだれ》の前であれこれと雑談をしておりましたところ、簾の内から女の声で、

㉚「あやしくもののあはれ知り顔なる翁かな」と言ふを聞きて
あはれてふことにしるしは無けれども言はではえこそあらぬ物なれ
［イカニモ、コノ世ノ運命ノアワレサヲ知ッテイルカノヨウナロヲキク御老人デスネトイウ声ヲ聞イテ、世ハ無常ダト嘆イテミテモ、何ノ効験モナイノダケレド、ソレヲ言ワズニハイラレナイノガ人間ノ常ナノデスヨ］
（後撰和歌集・一二七一）

紀貫之にとってはモノノアハレは「人の別れのあわれさ」、あるいは「人生の不可変の運命のあわれさ」であったといえるだろう。

『拾遺《しゅうい》和歌集』のよみ人知らずの歌には、

㉛春はただ花のひとへに咲くばかりもののあはれは秋ぞまされる
（拾遺和歌集・五一一）

とある。このモノノアハレは「めぐってくる季節のあわれさ。季節に感じら

れる情趣」である。それは春にもあるにはあるが、秋が勝っているという。それはアハレが哀憐を底に持つからである。

『枕草子』には、

㉜もののあはれ知らせ顔なるもの。鼻垂り、間《ま》もなうかみつつ物言ふ声。眉抜く　(枕草子・八五段)

とある。「鼻汁をたらし、暇なくそれをかみながら物を言う老人の声」、これがモノノアハレ、つまり「人生の成り行きの悲哀」を知らせるという。この人はおそらく老女で、歯も抜けてしまって薄汚れており、やがて衰え果てて死ぬだろう。しかし、思えばこの人も昔は色香の噂を立てて、人々の中を派手に動き廻っていたのだ。人間はこうした道を通って死へと行く。

つづく「眉抜く」を多くの注釈書は、眉をしかめる、そのことを指すといっている。しかし、眉毛を抜くのは成人に達した女性である。眉毛を抜いて眉を黒く描いた。それは一人前の女性として、男達の間を生きていくことの象徴である。ここにぽつんと「眉抜く」とだけあって、脈絡は何もない。しかし「眉を抜く」年に達した華やかな女性、一人前の女性がここに点出されると、それと直前の老残の姿とが対照され、人生のさだめとして、若さも長くは続かない、たちまちに老いて衰えてしまうというあわれさが鮮やかに見えるだろう。それこそ「もののあはれ知らせ顔」な有様である。

いま一つモノノアハレの顕著な例を挙げておこう。

一条天皇の系統の人々は宮廷に並ぶ人も無く栄えていた。しかし、二十五年に及ぶ栄華の後、天皇は譲位されると崩御になって、周辺には憂色が濃く漂った。そのお通夜の夜、縁故の人も遠く退き、辺りは寂しい。東宮はまだ四歳、三の宮は三歳である。先行きは厳しい。

㉝［一条天皇ノ］中宮［彰子］もののあはれも何時《いつ》かは知らせ給はん。これこそはじめにおぼしめすらめ［栄耀ヲ極メタ中宮彰子モ人ノ世ノ運命ノアワレサヲ、イツカハオ悟リニナルダロウ。コノ出来事コソ、ソノ最初トシテオ感ジニナルコトダロウ］

（栄花物語・九）

『源氏物語』のモノノアハレを見ると、そこでも「知る」「知らぬ」と使っているものが、例のおよそ四割に及んでいる。

雨夜の品定めのときに、左馬頭《ひだりのうまのかみ》は得意になってさまざまに女性を論評した。夫の世話について、妻が「もののあはれ知りすぐ」すことは、無くていいように見えると言っている。この一句は注釈者によって「男女の間の情緒を解しすぎて」とか「男女の間の情緒に過敏であり過ぎて」とか訳されている。しかし、その「知りすぐし」の解釈は少し的はずれであると思う。スグスという言葉には、いろいろな意味があるが、中に次の使い方がある。

㉞歌頭はうちすぐしたる人［十分年期ノ入ッタ人］のさきざきするわざを、選ばれたるほど心にくかりけり （竹河《たけかわ》）

㉟［夕霧ハ］二十にもまだわづかなるほどなれど、いとよくととのひすぐして［十分ニ整ッテ］、容貌《かたち》もさかりににほひて （若菜上）

ここに見えるように、スグスは動詞の下について「十分ニ……スル」という意味を加えることがある。だから、左馬頭の言う、

㊱もののあはれ知りすぐし　　（帚木）

の場合も、モノノアハレを「十分によく知って」ということで、漢語でいえば「熟知して」に当たる。これを「知り過ぎて」とすると、前後の文脈の流れが乱れてくる。ここのモノノアハレは「男と女との間にはどんなことが起こり、それがどんな運命的な事実となるか、そのあわれさ」を指している。そんなことを女性が若いうちから熟知している必要はないといっているわけである。

㊲すべて女のものづつみせず［世間ニ対スル慎ミナク］、心のままに、もののあはれも知り顔つくり、をかしき事をも見知らんなん……あぢきなかるべきを　　（胡蝶）

ここでも「（男と女の交情の）運命のあわれさ」をいかにも知ったふりをすることはいけないことだといっている。

また、出家してしまった女三の宮に対して、光源氏が言う。「もしあなたが私を離れて山里に住むことにでもなれば、私は本当にうち棄てられたと恥ずかしく、心憂く思うでしょう。やはり私への情を持ち続けてここに居てください」。これに対して女三の宮はこう答えた。

㊳かかるさまの人［尼姿ニナッタ女］は、もののあはれも［男女ノ交情ノアワレサナド］知らぬものと聞きしを、［私ハ］ましてもとより知らぬことにて　（柏木）

匂宮は浮舟と関係を生じた後で、薫について、

㊴もののあはれも知らぬ人にもあらず　（蜻蛉）

といっている。匂宮は今は競争者となった薫を朴念仁《ぼくねんじん》だとは見ていなかった。

このモノノアハレは『源氏物語』以前の作品では、一人前の大人として知っているはずの「人生の成り行き、人の運命のはかなさ」を指していた。しかし、『源氏物語』では、モノが「自分の過去の記憶の中にある忘れられない事実」を指すことがある。この意味のモノは先にモノワスレのところ（一三四ページ）に書いたモノ、或る場合のモノガタリのモノ（一四二ページ）と同じである。その本質は男と女の間に生じた消し得ない事実である。

いくら言い寄ってもついに靡かなかった朝顔の姫君に対して、光源氏は再会のときに、

㊵過ぎにしものあはれ［忘レガタイ事実ノアワレサヲ］とり返しつつ［元ニ戻シテ］、そのをりをり、をかしくもあはれにも、深く見えたまひし［深クオ示シニナッタ］御心ばへなども、［光源氏ハ］思ひ出で［朝顔ノ姫君ニ］きこえさす［オ話シヲナサル］　（朝顔）

とある。「過ぎにしものあはれ」とは、今は過去となってしまったが、当時の「忘れがたい恋愛の事実のかなしさ」であろう。

光源氏が住吉の大社に参詣すると、多くの遊女達が集まってきた。若者達はそれに目を奪われている。しかし、光源氏は心の中で、恋の深い浅いは相手の女性の人柄によることだと回想する。

㊶をかしきことももののあはれも［恋ノアワレノ深サモ］、［相手ノ］人柄にこそあべけれ［人柄次第ダ］　（河内本澪標）

紫の上を亡くした光源氏には心慰むところはもはやない。心をめぐるもの

は全て過ぎ去ってしまった女性のことである。

㊷みづからとり分く心ざしにも［自分カラ特別ニ向ケル熱意ダケニモ］、ものあはれはよらぬわざなり（幻）

「恋愛の成り行きのあわれさ」はそれに賭ける自分の熱意の如何だけで決まるものではないという。ここでは光源氏は紫の上との一生を思い返している。恋愛の深いあわれさは、自分の向ける熱意だけで生まれるものではない。思い思われ長い間二人が一緒に生きて、老いに至って相手に先立たれて一人残され、そこで相手を思い続けている悲しさの中に恋愛の本当のあわれはあると光源氏は語った。

『源氏物語』以前のモノノアハレは専ら「人の世のさだめのあわれさ」に限られていた。ところが『源氏物語』ではそれが右に見たように「男と女の出会いと別れのあわれさ」の意に片寄って使われている。『源氏物語』は全て男と女の恋の物語であり、恋の種々相、恋の成り行く果てを語ろうとする作品である。だから、そこにある「人生」とは、つまり男と女と相逢うこと、相別れることに外ならなかった。

なお、こうした男と女との出会いと別れのあわれさをいうモノノアハレに並んで、『源氏物語』には「季節の推移に感じるアハレ」をいうモノノアハレがある。

㊸秋のころほひなれば、もののあはれとり重ねたる心地して　（松風）

このように『源氏物語』のモノノアハレは「男女の出会いと別れのさだめ」を中心に「季節の移ろい」についても使われている。

ちょっとひと休み ④

『蜻蛉日記《かげろうにっき》』の著者の話（二）

これは男性と女性という二つの性の対立の間では至極当然のことなのかもしれない。しかし男である私の眼からは、道綱母《みちつなのはは》という人はあまり賢くないように見えて仕方がない。

夫兼家が三十八歳、道綱母三十一歳、共に壮年というべき時の出来事がある。『蜻蛉日記』の原文を現代語に訳してみよう。

三月のことだった。私〈道綱母〉を訪れていた兼家が急に苦しがり始めた。兼家が言う。「ここに居たいと思うけれど、何事にも不便だから、邸に帰りたい〈邸ニハ時姫《トキヒメ》トイウ正妻ガイル〉。辛いと思わないでおくれ。急《きゅう》で命ももたないような心地がする。ああ、死ぬとしてもあなたとの間に思い出となるようなことが無かったのが悲しい」と泣く。自分も泣けてくる。兼家は「お泣きにならないで。余計苦しくなります。何より辛いのは、思いがけずこんなお別れをすること〈兼家ハ死ヌト思ッタノデアル〉。あなたはどうなさるおつもりですか。独り身ではおいでにならないでしょうが、私の喪中には再婚しないでください〈道綱母ハ本朝第一ノ美人デアッタカラ、多クノ求婚者ガ予想サレル〉。もし死ななくても、これが限りと思われます。生きても再びここに来られないでしょう。私が丈夫になったときこそ、何としても私の邸に来て頂きたいと思いますが、このまま死ねば、これがお逢いする最後でしょう」。兼家は臥したまま語って泣く。侍女達を呼んで「私がこの人をどんなに思っていたと見えますか。このまま死んだら、もう顔を合わす折が無くなる。そう思うと本当に辛い」。侍女達は皆泣いた。私は言葉も出ず、ただ泣いた。そのうちに容態が一層悪くなった。人に抱き起こされてかろうじて車に乗せられた。自分をじっと見つめて悲しい眼をする。そのまま私の兄に抱えられて車に乗って行かれた。私は一言も言葉が出てこないほど悲しかった。

一日に二度三度と手紙を送った。こんなことをすると、私を憎らしいと思う人もいるだろうが仕方がない〈人トハ、時姫ヲ指スダロウ〉。それへの返事はあちらの年配の女房に書かせてあった。文面には「『自分では書けない。仕方がないが辛い』とばかりおっしゃっています」とあった。病状はさらに悪くなったと聞いた。私は何のお世話もできずにどうしたらよいかと迷うちに十日あまりが過ぎた。

読経や修法などによって、少しよくなったようだった。自分で書いた返事が来た。「なかなかよくならずに日が経ったが、これまで大病に苦しんだことはなかったから、とても不安だった」など、人のいない隙を見てこまごまと書いてある〈時姫ノ眼ヲ盗ンデトイウコト〉。「正気づいてきたから、人目につかないように、夜の間にこちらにおいで。こんなにも逢わずにいたのだから」などとある。人はどう思うだろうなどと気に掛かるが、私も不安だった。繰り返し同じことを言ってくるので、決心して「車を差し向けてください」と言った。兼家は寝殿から離れた廊《ろう》に部屋を用意して、端近くに臥して私を待っていた。灯《とも》していた明かりを消させて降りたので、暗くて入口も分からない。すると「どうした。こっちにいる」と言って手を取って私を導いてくれた。「どうしてこんなに遅かったの」と、この何日もの間の様子を次々に話して聞かせた。「明かりをつけなさい。これじゃ暗い、うしろめたいなどと思わないで」と屏風の後ろにほのかに明かりをつけた。「まだ魚などを口にしていないんだ。今夜、あなたがおいでになったら、一緒にと思ってね。さあどう」などと私に勧めてくれた。少し食べたところで、坊さん達が「夜の護身の修法を」と言って入ってきた。兼家が「もうお休み下さい。今までより少しはよくなりました」と言う。坊さんも「そのようにお見受けします」と言って去った。

そうして夜が更けた。「侍女をお呼びになって」と言うと、「どうして。まだ暗い。しばらくこのまま」と言ううちに明るくなった。召使の男を呼んで、蔀戸《しとみど》を開けさせた。「御覧、草の植え具合を」と外を見せる。「もう明るくて世間体の悪い時になりました」と帰りを急ぐと、「なあに、朝の粥《かゆ》などを食べて」と言ううちに昼になった。兼家は「さあ一緒に、あなたの家に帰ろう。二度来るのは嫌だろう」と言う。

こうしたやりとりの後で、彼女は自分だけ家に送ってもらったのだが、このことの後も再び彼女は兼家の訪れが途絶えたといっては不機嫌を繰り返す。

私は思う。道綱母がここで覚えるとよかったことがある。

男が死にかけた大病をして、かろうじて快方に向かった時、最初に逢いたいと思う女はどういう女かということである。兼家は彼女の嫉妬には、ほとほと閉口していたはずである。しかし、彼女の心底の限りない一途さを感じていたのだろう。それは他の誰にもかけがえのない彼女の愛情であり、資質でもある。兼家はそれに一番強く引かれていたのだった。だからこそ、兼家は無理矢理に彼女を正妻時姫のいる邸に呼んだのである。当時は男が女の家に通うのが社会の習慣で、女性を正妻と住む自分の家に呼ぶなどは全く異例のことである。それを敢えてした兼家を見て、悟るべきことがあったと思う。

私こそ兼家に天下第一に愛されている女なのだと、彼女は心の奥に確信を持つべきだった。それを覚《さと》れば、その後の彼女の行動には変化があったのではなかろうか。そしてそれは兼家に安心を与えたのではなかろうか。彼女はそれに気づかなかった。

しかしまた、いかに自らの純粋さがしんそこ男性に気に入られているのだと分かったとしても、女性にとって「三十日《みそか》三十夜《みそよ》は我がもとに」通わずに、よその女のところなどへ行く男性は決して許し得ない存在であるわけか。

(追記)

当時、兼家が時姫の邸に住んでいたかどうかは明記されたものがない。しかし、右の引いた箇所などを読むと、兼家が別邸に住んでいたとしては文脈が全く理解できない。兼家と時姫は一つ邸にいたと見るべきであると思う。

Ⅳ　「存在」というモノ

奈良時代

『源氏物語』に出てくるモノのかなり多くの例が、「きまり」「儀式」「人の運命」「成り行き」などを表していることを見てきた。『源氏物語』に限らず、同時代の文学作品の全てにこのモノは見出される。上代に溯っても、中世以降にも、モノは基本的に「不可変のきまり」の意味を持っている。ただ時を追って、この意味があるという意識は薄らいできた。現代では、例えばモノガナシイといえば「何となく悲しい」と受け止めるのが普通である。

では全てのモノが奈良・平安時代に「世間のきまり」とか「儀式」「運命、成り行き」を表すのかといえばそうではない。も一つ「怨霊」を表す全く別のモノがある。それはV「怨霊」として詳しく記すことにする。

初《はつ》モノ・輸入《ゆにゅう》モノ・宝《たから》モノ・金《かな》モノ・半端《はんぱ》モノ・贋《にせ》モノ・残《のこ》りモノ・掘《ほ》り出《だ》しモノ……。これらは現代語の中に無数といってもよいほど見られるモノの複合語である。その年のその季節に初めて口にする食材だったら、筍《たけのこ》であれ鰹《かつお》であれ松茸《まつたけ》であれ、初モノという。輸入モノを扱う店と聞いただけでは洋品を扱う店なのか、食料品を商う店なのか分かりかねる。分かるのは、品物が何であるにせよ、それが外国産だということである。

つまり、モノは上にある形容語の性質・状態を持つ存在である。「存在」だけでは不明確なので、その上に形容語を加えて、それを実体化する。このモノを「存在のモノ」と呼ぶことにする。

まず、奈良時代に、形容語とモノとで一語になっている例を挙げてみよう。

①機《はた》もの［織機ニ関係アル品］（万葉集・一二九八）

②あつもの［熱イモノ。汁ナド］（万葉集・三八二九）

上の形容語が長い言葉でも、モノの働きは変わらない。

③形見のものを人にしめすな（万葉集・三七六五）

④みどり児の　乞《こ》ひ泣くごとに　取り与ふる　ものし無ければ（万葉集・二一〇）

モノが人間を指す場合もある。

⑤避介《ひか》の小坂《をさか》を　片泣《かたな》きに　道行くものも　偶《たぐ》ひてぞよき［連レガアッテコソヨイガ］　（日本書紀歌謡・五〇）

つまり、モノは目に見えるか聞こえるか、手に触れるかなど、確かにその存在が知覚でき、認めることができる存在である。その具体性を先行する言葉が限定する。モノが人を示す場合も、ある性質や状態を持つ存在として人を把握したわけである。

では、上に形容語を持たないモノは、どのような使い方をされているのか。その例を見ることにする。

⑥春の初めは　八千種《やちくさ》に　花咲きにほひ　山見れば　見のともしく　川見れば　見の清《さや》けく　ものごとに　栄ゆる時と　（万葉集・四三六〇）

この歌の文脈から「ものごとに」は「そこに見える、存在する一つ一つに」の意で、「山も川も」ということになる。

『日本書紀』の冒頭に、神々の誕生の神話がある。

⑦天地《あめつち》初めて判《わか》るるときに、ものあり〔有物〕。葦牙《あしかび》の若《ごと》くして、空の中に生《な》れり　（神代紀・第一段一書第六）

⑧天地の中に一《ひと》つのもの生《な》れり〔生一物〕。状《かたち》葦牙の如《ごと》し　（神代紀・第一段本文）

ここにいう「一つのもの」とは「一つの存在」である。このままでは「一つの存在」ということ以外は分からない。そこで、モノの下に形容語がくる。「葦牙のごとし」という形容語によって、モノが限定され、具体化される。

つまり、モノとはそこにある存在である。それはどんな存在でもあり得る。特定の、一つこれだけの存在と限定はできない。そういうモノが「存在のモノ」である。

ここでいう「ものあり」「一つのもの生れり」という用法は、現代でも生きている。「暗闇だったからモノにつまずいた」というとき、確かに存在したのだが、暗くてそれを特定できない。「存在すること」が分かるだけである。本であるか菓子箱であるかは分からない。とにかくそれに人がつまずいたのだ。そのとき人は「モノがある」という。この使い方は、奈良時代と同じである。

平安時代

奈良時代から降って、『源氏物語』を中心とする平安時代を見ると、「存在」を表すモノは増えている。そして、

1 具体的な物品・物体を表すモノが非常に増加した。

2 人間を表すモノは奈良時代では数例しかないのに、平安時代では数多く使われている。

1と2とは『源氏物語』では、ほぼ同じくらいの割合で使われている。それを順に見ていくことにする。

1 物品・物体を表すモノ

単独で「存在」を表すモノについて。まず、例を示そう。加持祈禱《かじきとう》によって小康状態を得ていた葵の上が、にわかに息絶えてしまった。

⑨今はさりとも「イクラ何デモモウ大丈夫」と「人々ガ」思ひたゆみたりつるに「油断シテイタトコロガ」、あさましければ「大変ナコトニナッタノデ」、殿の内の人、「アワテテ」もの「ソコニアッタ何カ」にぞ当たる　（葵）

⑩氷を、ものの蓋《ふた》に置きて、割るとて　（蜻蛉）

このモノは上に限定する言葉を伴わない。身近にある存在ならば、「ものにぞ当たる」「ものの蓋」と表現して、ただ「存在」があることを示す。

上に形容語を伴った場合のモノも同じである。

⑪御几帳《みきちやう》の帷子《かたびら》を一重うちかけたまふにあはせて、さと光るもの、紙燭《しそく》をさし出でたるか、とあきれたり　（蛍）

これは光って確かに存在するが特定はできないモノである。玉鬘《たまかずら》は紙燭かと推測したが、実は光源氏が蛍を放ち入れたのだった。

モノの上に何か言葉を複合させて限定を加えれば、モノは具体的な存在になる。例を挙げよう。

あそびもの（遊物）・うすもの（薄物）・くひもの（食物）・ぬひもの（縫物）・のりもの（乗物）・まきもの（巻物）・をりびつもの（折櫃物）など

2　人間を表すモノ

⑫［頭中将ガ話題ニシタ内気ナ女（夕顔）ニ八］幼きものなどもありしに（帚木）

⑬ここの宿守にて［トシテ］住みけるもの（浮舟）

ここで人間を表しているモノはヒト（人）とは意味が違う。モノとヒトの差違は何か。『源氏物語』に出てくるヒトとモノとの熟語を見比べてみる。

ヒト　あてびと（貴人）・いへびと（家人）・うへびと（上人）・おほみやびと（大宮人）・からびと（唐人）・さいはひびと（幸ひ人）・とのびと（殿人）・とのゐびと（宿直人）・まめびと（まめ人）・よそびと（他人）など

モノ　さがなもの（性無者）・しれもの（痴者）・すきもの（好き者）・つはもの（兵）・ひがもの（僻者）・ふでうもの（不調者）・わろもの（悪者）など

これを見比べれば、ヒトとモノの差違は明らかだろう。ヒトといえばそれだけで社会生活、人間関係の中で生きている人間、一個の人格を持った人間である。したがって、「人［世人］あやしと見るらん」（帚木）のように上に形容語がなくても用いられる。

ところが、モノは上に形容語がなければ単なる「存在」であって、人間かどうか分からない。だから、人間としてのある性質を示す形容語と共に使われて、初めて人間であると分かる。ただし、それは低い価値と見なされた人間であった。

ここに、モノとヒトの違いの見える例がある。老女房である弁（後の弁の尼）は薫に次のように言った。

⑭ただ、かかる［私ノヨウナ］ふるもの世にはべりけりとばかり知ろしめされはべらなむ［御承知オキ下サイマセ］（橋姫）

この場合のモノは自分が老いぼれた女房だと卑下した言い方である。それに対して、

⑮右近《うこん》は、何の人数ならねど、なほその［夕顔ニ仕エタ］形見と［光源氏ハ］見たまひて、らうたきもの［カワイサノアルモノ］に思《おぼ》したれば、ふるびとの数に仕うまつり馴れたり（玉鬘）

右近はかわいさのある女房と認められたので、たいして重んじられてはいなくても、ヒト扱いとされたわけである。また、次のようなモノ（人間）もある。

⑯［桐壺帝ハ］源氏の君を限りなきものに思しめしながら（紅葉賀）

⑰「進士ノ試験ニ八」年積もれるかしこきものどもを選《え》らせたまひしかど　（少女）

これらは「限りなき」「かしこき」とほめたたえる形容語と共に使われているが、モノとあるのは、扱う相手をその年齢や身分などから「低い存在」と見ている表現である（この用法は現代にまで伝わっており、「私はこういうモノですが」などのモノは卑下を表している）。

このほか、ヒトの中にも、アキビト（商人）・アヅマビト（関東人）・シモビト（下人）・ヰナカビト（田舎人）など、宮廷人からは社会的に低い存在とする扱いを受けていた人々がある。さらにアダビト（不実ノ人）・ホケビト（呆け人）など個人の性質によって高くは扱われなかった人々もある。しかし、これらはモノというほど低い扱いではなく、それなりに一人前のヒトの仲間に入れた扱いの表現である。

いま一つのモノの使い方は、現代語でよく「徳育というものは、大切なものです」という言い方をする。その型である。これは実は「徳育は大切です」というのと意味は同じである。しかし、現在このトイウモノという言い方が結構多い。殊に哲学の解説的文章などに多くある。それは、日本語の中では漢語やカタカナ語などは一度聞いただけでは、その言葉の意味がすっとは分かりにくいことがある。それを一つの名詞であると確立、明示する表現法がトイウモノである。

この種の「……といふもの」という文型は『源氏物語』には二十七例ある。この……に入る言葉を見ると二種類に分かれる。その一つは、

⑱保曾呂俱世利《ほそろぐせり》といふものは、名は憎けれど　（紅葉賀）

のようなもので、これは馴染みの薄い対象を取り上げて、それが確かに存在すると指示する形式である。この形式の型に出てくる名詞は、「保曾呂俱世利」「賀皇恩《がわうおん》」など外来の楽曲名とか、「才学」「乱《みだ》り脚病《かくびやう》」などの漢語、「高潮」「柴《しば》」など都で生活する貴人のよく知らないもの、「檜垣《ひがき》」「遣戸《やりど》」など普段の生活で貴人が意識することのない建物の設備など、『源氏物語』に一

例あるいは数例しかない稀な言葉である。

もう一つの型がある。

⑲男といふものは、虚言《そらごと》をこそいとよくすなれ　（総角）

「男」とは誰でも知っている言葉だが、それを取り上げて題目として確立し、その本質や特性を表現しようとするときに「男といふもの」と使う。この仲間としては、「世の中」「宿世《すくせ》」「別れ」「女」など、人生に関わる言葉が多く登場する。

「といふもの」はこのように二種類に分類できる。しかし、そのいずれもが、簡単に「保曾呂倶世利」「男」というだけでは見過ごされそうな、それの存在を「……といふもの」という形で明確化し、際立たせ、その上でその対象を説明し、あるいはそれの特質を明示する。この形は平安時代から広まったといえる。このころから日本語の表現法に、それだけ論理的な明確さや強調を求める手法が工夫されてきたといえるのではなかろうか。ただ現代では、「……というもの」を使い過ぎる傾向があり、文章の緊密性を損なう結果になっている面もありそうである。

平安時代に急速に勢いを増した物品・物体を表すモノは、その後、ますますその世界を広げ、モノというとすぐその意味だと考えられるようになっていく。反面、「きまり」「さだめ」のモノは次第に別の言葉、例えば「規則」「運命」など、初めからそれと明確に限定して表現できる単語に置き換えられ、今では「世間とはそういうものだ」のように使っていてもモノの本来の意味は意識されにくくなっている。

ちょっとひと休み⑤ ナマメカシの話

『源氏物語』は原文の単語一つ一つの意味がよく分かるようになればなるほ

ど面白くなる。

辞書を見れば、単語のおよその意味は分かる。しかし、意味が似ている言葉の違い目を知りたいと思うと的確な説明のないことがある。殊に分かりにくいのは、美を表す単語の個々の意味の違いである。例えばエン（艶）とは何か、などである。だが、稀にはああそうかと分かってくることもある。

ナマメカシとは現代語では「色っぽい」とか「妖艶《ようえん》である」などと言い換えられるだろうが、『日葡辞書』には「愛嬌《あいきよう》があって美しい（こと）」と言い換えている。『源氏物語』にこれを当てると、うまく合わない例が多い。ナマメカシにはこれまでにいろいろな訳語が提出されているが、全体としてどういう意味なのか私には分かりにくかった。ここで『源氏物語』のナマメカシを再吟味した結果をお話ししてみたい。

①御饗応《あるじ》のこと、精進《さうじ》物にて、うるはしからずなまめかしくせさせたまへり　（若菜上）

ウルハシとは「きちんと整っている、端正である」ということだから、ナマメカシはウルハシクないことを指している。

②春秋の花紅葉の盛りなるよりは、ただそこはかとなう茂れる蔭《かげ》どもなまめかしきに　（明石）

桜や紅葉の盛りは華やかである。それよりも、そこはかとない繁みの蔭の方をナマメカシという。

③暮れかかるほどに楽所《がくそ》の人召す。わざとの大楽《おほがく》［大ガカリナ舞楽］には あらず、なまめかしきほどに、殿上《てんじやう》の童《わらは》べ舞仕うまつる（藤裏葉）

「なまめかしきほど」とは大がかりな舞楽ではないということである。

④［東遊《アズマアソビ》ノ］琴にうち合はせたる拍子も、鼓を離れて［使ワナイデ］とのへとりたる方、おどろおどろしからぬも、なまめかしくすごう［ゾットスルホド］おもしろく　（若菜下）

東遊ではドンドンと大音をとどろかす太鼓を使わないで拍子をとる。それをナマメカシという。これらによると、「端正、華やかな美、花・紅葉の盛り、大楽」などはナマメカシと対立する観念である。ところが、

⑤箏《さう》の御琴は、物の隙々《ひまひま》に、心もとなく漏り出づる物の音がらにて、うつくしげになまめかしくのみ聞こゆ（若菜下）

箏の琴の音は、もっとよく聞こえればいいのにと思う程度に漏れてくる音だからナマメカシク聞こえるという。次の例ではシメヤカでナマメカシというっている。

⑥あはれ添へたる月影の、なまめかしうしめやかなるに（須磨）

⑤⑥によると、ウツクシゲ（小さくて可愛らしそう）とシメヤカとはナマメカシに親近性がある。このことはナマメカシの持つ意味の本質に関わるところがあるだろう。そう思ってみると、ナマメカシと親近性のある「鈍色《にびいろ》」がある。

⑦［八ノ宮ノ死後］月ごろ黒くならはしたまへる［大君ノ］御姿、薄鈍にて、いとなまめかしくて、［ソレニ対シテ］中の宮はげにいとさかりにて（総角）

⑧［藤壺出家ノ後ノ三条宮ハ］御簾《みす》の端、御几帳も青鈍にて、隙々より

ほの見えたる薄鈍、梔子《くちなし》の袖口など、なかなかなまめかしう、奥ゆかしう思ひやられたまふ（賢木）

このように死とか出家とかの後で、鈍色の装束を身につけている姿をナマメカシという例は、葵の上の死後の光源氏（葵）、藤壺の死後の光源氏（薄雲）、出家した女三の宮自身（柏木）などがある。

また、ナマメカシは「面瘦《おもや》せ」と親近性がある。

⑨［夕顔死後ノ光源氏ハ］いといたく面瘦せたまへれど、なかなか［カエッテ］いみじくなまめかしくて、ながめがちに音《ね》をのみ泣きたまふ（夕顔）

⑩［産後ノ明石女御ハ］すこし面瘦せ細りて、いみじくなまめかしき御さましたまへり（若菜上）

⑪［紫ノ上ハ死期近ク］こよなう瘦せ細りたまへれど、かくてこそ、貴《あて》になまめかしきことの限りなさもまさりてめでたかりけれ（御法）

紫の上は「にほひ多くあざあざと」しておいでだった盛りの時には、この世の花の香にもたとえられるほどだったが、今、病で痩せ細られて貴になまめかしいさまがまさったというのである。

鈍色、面痩せに意味の色合いが近いものとして、尼《あま》姿、直衣《のうし》姿、袿《うちき》姿などがある。それをナマメカシといっている。

⑫空蝉の尼衣にも……行ひ勤めけるさまあはれに見えて、経、仏の飾り、はかなくしたる閼伽《あか》の具なども、をかしげになまめかしく、なほ心ばせありと見ゆる人のけはひなり　(初音)

⑬「光源氏、大堰《オオイ》訪問」さる御心してひきつくろひたまへる御直衣姿、世になくなまめかしう、まばゆき心地すれば　(松風)

同じく、明石の君のもとを訪れた翌日の光源氏の描写として、

⑭いとなまめかしき袿姿うちとけたまへるを、いとめでたううれしと見たてまつるに　(松風)

直衣と袿は共に貴族の男子の平服で、袿の上に直衣を着る。いずれも正装ではない。こうした「非公式なもの」についてナマメカシを使う例は宴会に

ついても見出される。

⑮その日は［花ノ宴ノ］後宴の事ありて、紛れ暮らしたまひつ。箏の琴仕うまつりたまふ。［盛大ダッタ］昨日の事よりも、なまめかしうおもしろし（花宴《はなのえん》）

こうした例を見ると、ナマメカシは華美、盛大、色鮮やかさ、端正《うるわし》さの反対概念であることがはっきりしてくる。

これと並んで、ナマメカシはある特定の人物の形容にしばしば使われている。それは朱雀《すざく》帝（院）に対してである。

⑯［朱雀帝ハ］御容貌《かたち》も、［桐壺］院にいとよう似たてまつりたまひて、いますこしなまめかしき気添ひて、なつかしうなごやかにぞおはします（賢木）

⑰［朱雀帝ハ］いとなまめかしき御ありさまなり（明石）

⑱［朱雀帝ハ］御容貌などなまめかしうきよらにて（澪標）

⑲［朱雀院ハ出家シテ］御容貌異《こと》にても、なまめかしうなつかしきさま

　にうち忍びやつれたまひて（柏木）

朱雀帝は強さのない、むしろ弱々しい行動が多い人物である。帝《みかど》だから、きよらといわれるのは当然だが、それが「なつかしうなごやか」であると共に、ナマメカシとされる。

こうした使い方の他に、ナマメカシは女性の形容に多数使われている。

⑳［藤壺ガ］外の方を見出だしたまへるかたはら目、［光源氏ガ見ルト］言ひ知らずなまめかしう見ゆ（賢木）

㉑中宮の御母［六条］御息所なん、さまことに心深くなまめかしき例《ためし》にはまづ思ひ出でらるれど（若菜下）

㉒［梅壺《ウメツボ》女御（後ノ秋好《アキコノム》中宮）ガ］まほならず描きすさび、なまめかしう添ひ臥して、とかく筆うちやすらひたまへる御さま、らうたげさに［冷泉《レイゼイ》帝ノ］御心しみて（絵合）

このようにナマメカシと形容される女性は、藤壺、六条御息所、秋好中宮、明石の君、明石女御、落葉の宮と数えることができて、『源氏物語』に登場する女性の中心の役割を果たす人のほとんど全てに対して使われている。ただし、宇治の三人の姫君については注目される記事がある。

㉓［大君ノ］頭《かしら》つき、髪ざしのほど、いますこし貴《あて》になまめかしきさまなり（椎本）

㉔［中ノ君ノ］いづれと分くべくもあらずなまめかしき御けはひを、人やりならず飽かぬ心地して（総角）

これによれば大君も中の君もナマメカシのさまであった。ところが、妹である浮舟に対して中の君は次のように見ている。

故大君は父八の宮に似て「限りなく貴に気高きものから、なつかしうなよよか」（東屋）であったに対して、浮舟はまだ上京したばかりでぎこちなく、万事につけて気後れがしているせいか、ナマメカシサが劣るという。

㉕［浮舟ハ］見どころ多かるなまめかしさぞ劣りたる（東屋）

また、薫も初めて浮舟に引き合わせられたとき、浮舟の着物が、

㉖すこし田舎びたることもうちまじりて、昔のいと萎《な》えばみたりし［大

君ノ」御姿の貴になまめかしかりしのみ思ひ出でられて（河内本東屋）

とある。つまり、浮舟はナマメカシサに欠けるところがあると、二人に見られたわけである。これによればナマメカシはすぐれた女性には欠いてはならない資質で、こまやかさ、なごやかさ、しなやかさ、やさしさを重ねて、一つの統一体として具現する女性の美質といえるだろう。

だから、男性であるのにナマメカシサに蔽《おお》われた朱雀帝は「弱い」「弱々しい」という色合いが濃いことになるのだろう。では、ナマメカシサは男性には不向きな性質なのだろうか。

藤裏葉の巻で内大臣《うちのおとど》（昔の頭中将）が、北の方と若い女房達に向かって娘婿となる夕霧とその父光源氏とを比較して述べたところがある。一部訳してみよう。

「覗いて御覧、夕霧は抜きんでて立派に成長している。態度など立派で堂々としている。鮮やかに群を抜いて成人した点では、父大臣（光源氏）にまさっているようだ。親の方は「ただいと切《せち》になまめかしう愛《あい》敬《ぎやう》づきて」、会えば笑みが浮かび、世間の何やかやなどを忘れる気分になる。「公《おほやけ》ざまは、すこしたはれて、あざれたる方なりし、ことわりぞかし（世の公の場では少し砕けすぎて、はずれた感じがしたのももっともなことだ）」。こちら（夕霧）は漢学の面でもまさり、世間に対する心構えも男らしく、剛直で、非難するところはないと世間で評判であるらしい。」（藤裏葉）

ここで内大臣は光源氏をかなり手ひどく論じたが、光源氏は「切になまめかしう愛敬づきて」と夕霧との違いをナマメカシサの有無で示した。実は、この内大臣の系統の男性にはナマメカシといわれる人はなかった。ナマメカシという形容は鬚黒などにも使われなかった。光源氏と夕霧とを比較するこの場面では、夕霧について「心用ゐ男々しく、すくよか」（藤裏葉）と賞揚して、光源氏との相違を際立たせ、光源氏のもつナマメカシサをそれほど高く評価しているように見えない（もっとも夕霧にもナマメカシと使われた例は藤袴の巻にある。しかしそれは大宮の死後、鈍色の直衣姿であったからナマメカシとするものだった）。

ところが、朝顔の姫君を訪れた光源氏のナマメカシサについては次のような箇所がある。

㉗御用意なども、昔よりもいますこしなまめかしき気さへ添ひたまひにけり（朝顔）

これは賞讃の言葉で、男性が立派だといわれるには、夕霧のように単に学才があるとか、力強く剛直で男らしいというのでは不足なのである。それらの資質に加えて、ナマメカシサを保つことが望ましかったと表現しているものである。堂々たる体軀と併せてナマメカシサを備えた光源氏の姿は、都に近い大堰に移ってきた明石の君に会いに行って帰途につく描写に見ることができる。

㉘言はむ方なきさかりの御容貌《かたち》なり。いたうそびやぎたまへりしが「背ガ高カッタガ」、すこしなりあふほどになり「恰幅《カップク》ガヨクナリ」たま

ひにける御姿など、「かくてこそものものしかりけれ」と「「コウナッテコソ堂々タルモノダ」ト賞讃シ」、御指貫《さしぬき》の裾まで、なまめかしう愛敬の「柔ラカク、優シイ愛敬ガ」こぼれ出づるぞ「ト見ルノコソ」、あながちなる見なしなるべき「女性ノ目ノ一途ナ讃歎トイウベキダロウ」（松風）

がそれである。ここでは光源氏には堂々たる威容にナマメカシサと愛敬が備わっていると女性の目には見えたとある。そのところこそ、光源氏が多くの女性の憧憬の対象でありえたことの条件なのだった。

光源氏の他にナマメカシサを備えた男性としては、東宮（朱雀院の皇子）、蛍宮、匂宮《におうのみや》、薫がある。

蹴鞠《けまり》の折に女三の宮の姿を初めて垣間見《かいま》た柏木は、東宮が女三の宮と似ているだろうと期待して参上したのだったが、次のような印象をもった。

㉙「東宮ハ」にほひやかになどはあらぬ御容貌《かたち》なれど、さばかりの御ありさま、はた、いとことにて、貴《あて》になまめかしくおはします（若菜

下）

これは父、朱雀院の血筋を引いた容貌だったのだろう。

蛍宮については「御けはひなどのなまめかしさは、いとよく大臣《おとど》の君［光源氏］に似たてまつりたまへり」（蛍）とあり、匂宮については「御さまの、限りなくなまめかしくきよらにて」（総角）、「御気色《けしき》なまめかしくあはれに」（浮舟）などとある。薫についてもナマメカシの形容が多い。これらのナマメカシは賞讃の言葉である。

㉚［薫ハ］顔容貌も、そこはかと、いづこなむすぐれたる、あなきよらと見ゆるところもなきが、ただいとなまめかしう恥づかしげに（匂宮）

㉛［薫ガ］歩み入りたまふさまを見れば、げに、あなめでた、をかしげとも見えずながらぞ、なまめかしう貴にきよげなるや（東屋）

この蛍宮、匂宮、薫に使われたナマメカシは、やはり光源氏と似た要素を持つということである。

では結局ナマメカシとは何なのか。それを見る上で注目すべき例がある。紫の上が光源氏から字を習ったとき、その字の特徴として「今少しなまめかしう、女しきところ」(賢木)が加わっていたとある。つまり、ナマメカシの本質は一言でいえば、すぐれた女が身に備えている「女らしさ」という美質であるといえるのではないか。

したがってナマメカシは、学才、剛直、威容、盛大という男性的な特質に対立して、本来女性に期待される特徴としての優しさ、女らしさであって、男性がこれに蔽《おお》われると、「弱い」とか「弱々しい」という色合いが濃くなり、マイナスの評価に近づく。

だからといって宮廷の女性達に渇仰《かつごう》の対象となる男性は、男らしい、ものものしい、強い、有能であるというだけでは不足で、それらの男性的美質に加えて、こまやかな、なごやかな、しめやかな、なつかしい、柔らかい、やさしい色合いを兼ね備えた光源氏のような性質が求められた。それがナマメカシサである。それは端正《うるわし》さなどとは、本質的に相容れない性質だということが理解できよう。ここにナマメカシの意味の個性があるのではなかろうか。ナマメカシはまた用法を拡大して、人間以外のことにも使われた。ここで紐とか紙とかについていわれているのは、それがこまやかに、しなやかに仕上がっていることをいうと解される。

㉜心葉《こころば》、紺瑠璃《こんるり》には五葉《ごえふ》の枝、白きには梅を彫りて、同じくひき結びたる糸のさまも、なよびかになまめかしうぞしたまへる［コマヤカデ美シイ仕上ゲデアル］（梅枝）

㉝緂《だん》の唐組の紐などなまめかしうて［コマヤカデ美シク］（梅枝）

㉞高麗《こま》の紙の薄様だちたるが、せめてなまめかしきを［シナヤカデ］（梅枝）

風に乗ってくる香りとか、香そのものについていわれるナマメカシも、その系統、柔らかくこまやかに匂う美しさをいうものであろう。

㉟追風なまめかしく吹き匂はして（初音）

㊱侍従《じじゆう》［トイウ香ニツイテ］は、……すぐれてなまめかしうなつかしき

香なりと〔蛍宮八〕定めたまふ（梅枝）

以上の考えによって、『源氏物語』のナマメカシのほとんど全てが統一的に理解できそうである。

（付記）

私がナマメカシについて何故『源氏物語』の例に限って取り扱ったかというと、美に関する意識には個人差があり、同一の語を使っても人によって異なる観念を含むことがある。二つの美の微妙な差違を感受するか否かは人によって相違することがあり、それによって一つの言葉でも使い方に相違が生じる。

例えば『栄花物語』のナマメカシを見ると、造られたばかりの丈六の七仏薬師像や日光、月光の像などがみな金色に壮麗に輝いているのをナマメカシといっている。これは『源氏物語』ではあり得ない表現である。また「御容《かた》貌《ち》も心もいとなまめかしう、御心ざまいとうるはしうおはす」（栄花物語・

三）というようなナマメカシとウルハシの共存、つまり矛盾と見られる例もある。概して『栄花物語』の言葉遣いは単調で同じ表現の繰り返しが多いが、美に関する単語の使い方も悪くいえば雑なところがある。これは作者の感性の反映である。それを『源氏物語』と同様に取り扱うことはできない。

紫式部の言葉遣いは、時に表面的には多様で難解なことがある。しかし、よくよく個々の言葉の使い方を見ていくと、その奥深いところに確実な統一がある。それを把握できれば、その言葉がその場その場に応じて、精妙に使い分けられているさまがありありと分かることが少なくない。紫式部の言葉遣いは、こちらの心構えと追究に十分に応える確かさとこまやかさを兼ね備えている。それがこの物語を読み返していくときの限りない魅力である。

V

「怨霊《おんりょう》」というモノ

これまでモノという言葉について、現代では意識にのぼらなくなった意味が平安時代にはあったことを示してきた。それは別に新しく見出されたのではなく、既に『岩波古語辞典』にも書いてあるものである。しかし、個々のモノの複合語の理解に当たっては、それが活かされてこなかったように思われる。

そこで、この書では、モノの意味を大まかに四つに分けて、I世間のきまり、II儀式、行事、III運命、動かしがたい事実・成り行き、IV存在という標目のもとにまとめた。この四つの区分には、それらを統合する一つの基本的な、共通の意味がある。それは一人一人の人間には変えることができない性質、つまり「不可変性」ということである。抽象的なことについても、具体的なことについても、「不可変であること」を当時はモノという言葉で表現した。

ところが、モノにはいま一つこれらとは全く異なる、おそらく由来も別のモノがあった。それは今日では既に滅びているが、これから取りあげるV「怨霊」という意味のモノである。これは当時の社会では、人々の心に広く深く根付いていて、生活の基盤にあって強く働いている観念だった。

この言葉は既に奈良時代からあった。『万葉集』には、モノヲとかモノカという助詞のモノに、「鬼」という字を当てて書いた例が多くある。例えば、

①吾妹子《わぎもこ》に心も身さへ寄りにしものを［寄ッテシマッタノニ］［心バカリカ身マデモ］（万葉集・五四七）

のモノヲを原文では「鬼尾《ものを》」と書いている。

②一目見し児に恋ふべきものか［恋スルナンテハズハナイノニ］（万葉集・二六九四）

のモノカが原文では「鬼香《ものか》」と書いてある。

「鬼」という字は、漢語としてもともと「亡霊」という意味があり、その「死者の魂」は体を離れて宙をさまようと考えられていたという（藤堂明保氏）。その観念は日本語の「怨霊」の意のモノに近かった。モノヲ、モノカ

という助詞のモノの意味はIII「運命、動かしがたい事実・成り行き」という意味の展開だから、V「怨霊」とは本来何の関係もない。しかし、IIIとVとは音としては同じモノだから、意味としてはVである「鬼《もの》」をIIIの意味のモノに当てて使った。それが前掲の「鬼尾」「鬼香」という表記である。これによって奈良時代に「怨霊」の意のモノがあったことが推定できる(鬼をオニと訓み、恐ろしい形相の怪物を表すようになるのはやや後のことである)。

怨霊という意味のモノは、この世に恨みを抱いたまま死んだ人の霊を指す言葉である。それは死後この世にとどまり、あたりに漂っていて恨みの相手に取りつき、相手を病気状態に陥らせ、時には狂気に導き、時には死に至らせる恐ろしい力を持っていた。単に相手一人に取りつくだけでなく、代々にわたって、その一家に住みついて害《わざわい》をもたらすこともあった。

だから、病気になっていろいろ薬を服《の》んでも苦しみ続ける場合、当時の習慣として、誰かのモノ(怨霊)が取りついたのではないかと人々は疑う。それが誰だか特定の相手を思いつかないと、取りつかれた人の先祖の中に恨みを負っていた人はいないかと溯って探したりする。

出産をひかえた葵の上に取りついたモノ（怨霊）は誰なのか。葵の上に対して、特に深い怨恨を抱く人も思い当たらなかった。そこで、

③過ぎにける［亡クナッタ］御乳母《めのと》だつ人、もしは親の御方［血筋］につけつつ伝はりたるもの［怨霊］の、［妊娠中トイウ葵ノ上ノ体ノ］弱目に出で来たるなど、むねむねしからずぞ［確カニコレトハ言エナイガ］乱れ現はるる　（葵）

つまり、既に亡くなった乳母役の女性のモノ（怨霊）、あるいは親の血筋に伝わってきた怨霊などが、体の弱った葵の上にあれこれと現れるのだと考えられた。

このモノという言葉は次のようにも使われた。夕顔を廃院に連れ出した夜、奇怪な夢を見て、モノに襲われたかと目覚めた光源氏が脇に寝ている夕顔を、

④かい探りたまふに、息もせず。引き動かしたまへど、なよなよとして、我にもあらぬさまなれば、［コノ女ハ］いといたく若びたる人にて、ものに

けどられぬるなめりと、［光源氏ハ］せむかたなき心地したまふ　（夕顔）

この女性はひどく若いので、たやすく「恐ろしい作用を及ぼす、目には見えない怨霊」に正気を奪われたのだろうと、光源氏は途方に暮れた。「モノに襲はる」という表現は『源氏物語』の一つのきまり文句である。

モノは単独ではこのように使われたが、怨霊は目に見えないのだから、その作用を外から認めるには、何かのしるし、目に見える手掛かりがなくてはならない。モノ（怨霊）は取りついた人を病で苦しめる。その症状は外から見える。そこで、その目に見える症状をモノノケといった。モノ（怨霊）ノ（助詞）ケ（兆候）という構成である。ケは「顕現」ということもできよう。

モノ（怨霊）の働きによる症状、モノノケの例を見よう。

⑤大殿《おほとの》［左大臣邸］には、［葵ノ上ガ］御もののけめきて［怨霊ニヨルラシイ症状デ］いたうわづらひたまへば、誰も誰も思《おぼ》し嘆くに　（葵）

⑥［葵ノ上ニ］御もののけ［怨霊ニヨル症状ガ］いたう起こりていみじうわづらひたまふ　（葵）

また、こんな例もある。姉浮舟への手紙を薫から託された小君《こぎみ》は、姉と思われる女性を尋ねて行ったが会わせてもらえない。その家の主《あるじ》の尼君が小君にその訳を少し話す。

⑦もののけにやおはすらん［怨霊ノ取リツイタ症状ナノデショウ］、例のさまに見えたまふ折《をり》なく［オ元気ニ見エル折ガ無ク］、悩みわたりたまひて［イツモ悩ンデオイデデ］（夢浮橋）

このようにモノノケはモノ（怨霊）による症状をいうが、モノノケにはもう一つの使い方があった。というのは、モノは他にも「世間のきまり」「儀式」「運命」「存在」という同音異義語を持っていたから、それとの混同を避けようと、「怨霊」を表すときにはモノノケというもっとはっきりした形を転用することが生じたのである。実例の上では、むしろモノノケという言葉によってモノ（怨霊）それ自体を表すことの方が多い。だから、モノノケとあったときは、モノ（怨霊）による症状という意味と、モノ（怨霊）そのものを指すことがあることを心得て、以下の文例を見ていただきたい。

ここに、モノ（怨霊）が取りついたときの対応の例を一つ挙げる。長男藤原頼通《よりみち》が病気になったとき、父藤原道長がどんなことをしたか、『栄花物語』を見ることにしよう。

なぜか頼通は長いこと病に悩んでいた。風邪かと湯茹《ゆゆ》での法も試みた。薬とされていた厚朴《ほおがしわ》を煎《せん》じて服用もしたが効かず、道長はモノノケかと疑い、「御誦経《みずきょう》の僧は休みなく勤めるように」と命じた。大僧正明尊阿闍梨《みょうそんあじゃり》が夜ごとに召されて終夜の勤行をつとめた。しかし、快方に向かわず一層重くなった。

⑧［ソコデ陰陽家《オンミョウケ》ノ、賀茂《カモノ》］光栄《みつよし》・［安倍《アベノ》］吉平《よしひら》など召して、物問はせ給ふ［占イヲオサセニナッタ］。［ソノ結果］御もののけ［怨霊］や、又畏《かしこ》き神《かみ》の気《け》や、人の呪詛《ずそ》など［恐レ多イ神ノ祟《タタ》リトカ、誰カノ呪詛《ジュソ》ナドト］様々に申せば［言ウノデ］、「［モシ］神の気とあらば、［仏法ニヨル］御修法《みずほふ》などあるべきにあらず［シテハイケナイ］。又御もののけ［怨霊］などあるに、［何モセズニ］まかせたらんもいと恐ろし」など、［道長ハ］様々

におぼし乱るる程に、ただ御祭・祓《はらへ》などぞ頻《しき》りなる

（栄花物語・一二）

「神の気」とは神の祟りである（神の怒りに触れると恐ろしい結果を招く）。これを見ると、モノノケに対処するには、仏教の立場からの加持《かじ》と、陰陽道による占いと、神の気ならば奉祭・祓という三つの仕方のあったことが分かる。また、仏法による加持と、神信仰に基づく祭と祓は併せて行ってはならないとされていたことも知られる。

一般にモノノケの症状を見たときには、家族は僧侶《そうりょ》を招いて加持を行う。加持とは真言密教《しんごんみっきょう》で行う祈禱《きとう》。僧が陀羅尼《だらに》（サンスクリット語による長い呪文）を唱えて仏の加護を祈ること。その法力によって、症状を引き起こすモノ（怨霊）を駆り出し、霊媒《よりまし》に乗り移らせる（当時は霊媒《れいばい》をツキビトといった。怨霊がそれに取りつく人の意である）。モノ（怨霊）が乗り移ると、その口を借りて、怨霊は名のったり、恨みに思う事情を語る。語り終えると、モノ（怨霊）は呪詛の力を失い、退散する。と共に霊媒も正気づく。病者も

恢復《かいふく》してしまう。先の話の続きはどうなったか。

頼通の病気の原因を探るために、父道長はいろいろ腐心したがなかなかモノ（怨霊）は現れなかった。僧侶達は加持を続けていた。すると、

⑨御前近く候ふ女房の、日ごろかかる事［怨霊ガ乗リ移ルコト］もなかりつる［人］にぞ、御もののけ移りぬる。［怨霊ニ乗リ移ラレタ霊媒《ヨリマシ》ハ］いとけ高くやむごとなき御有様にて、いみじく泣く。僧達皆しめりて聞き候ふに、大将殿［頼通］に御湯など参らせ給ひて、上の御前［母親倫子《リンシ》ガ頼通ヲ］ただ児《ちご》のやうに抱き奉らせ給ひて、いみじ［カワイソウニ］とおぼしめしたる事限りなし。御もののけ［怨霊ハソノ霊媒ノ口ヲ借リテ］、殿の御前［道長］を「近く寄り給へ」

（栄花物語・一二）

と言う。道長が霊媒に近づくと、霊媒は語り始めた。「自分は娘隆姫《たかひめ》を頼通と結婚させたいと思った。それは実現したが、今になって、新たに頼通と女二の宮との結婚話が起こっている。父親としての心苦しさに、ここに現れて申し上げているのだが」と霊媒は訴える。その素振りは隆姫の父である故中《なか》

務宮《つかさのみや》、具平《ともひら》親王にそっくりである。結局、モノノケのいうところは新たな結婚話を断念してほしいというのだった。道長が「それは頼通が自分で始めたことではない」と弁明し、モノノケに向かって度々頷《うなず》くと、「大臣は虚言《そらごと》をおっしゃることはないでしょう。もしそのようなことをなされば、お恨み申すばかりです」と言って、漢文学の蘊蓄《うんちく》のある具平親王らしく、仏典の大切なところを誦呪《じゅじゅ》された。それは一言も間違っていなかった。誦《じゅ》し終わると、霊媒となったその女房はしばらく眠った。それが目覚めると、頼通はさっぱりして、心地が爽《さわ》やかになった。道長も倫子も「嬉しくおぼしめされたり」（栄花物語・一二）とある。モノノケは去ったのである。

ここではモノノケが去って行ったが、もしモノノケが執念深くて、なかなか駆り出されないときには、

⑩［僧達］皆参り集まりて加持参る。殿の内の僧はさるものにて［言ウマデモナク］、ほかのさるべき［僧達ヲ］残りなく召し集めて、加持参りたる声どもものののしり満ちたり。すべてあさましう苦しげなる御心地に［御心

地ガシテ」、静心なき人々多かり。御もののけ［怨霊］人々にうつしののしる　（栄花物語・一二）

ということになる。大勢の僧達の声を合わせて加持する響きは部屋に鳴り渡り、焚かれる香《こう》は濛々《もうもう》と部屋に立ちこめる。モノノケの乗り移った何人もの霊媒《よりまし》がそれぞれ意味不明の言葉をうめく。これが加持を行う家の騒ぎの状況だった。

このようにモノノケとは、怨霊による症状、怨霊それ自体という二つの意味を指す言葉だった。

モノ（怨霊）が人に危害を加えるという世間の通念は平安時代に新しく広まったものではなく、奈良時代の正史である『続日本紀《しょくにほんぎ》』に「霊《リヤウ》」として、これに関する数多くの記述がある。本来中国語である「霊」は日本語のモノ（怨霊）に当たる言葉である。最も古い例として、

⑪世に相伝へて云はく、「［僧玄昉《ゲンボウ》ハ］藤原広嗣《ひろつぐ》が霊の為に害《そこな》はれぬ」

（続日本紀・天平十八年六月十八日）

がある。ここに見える玄昉は学問僧として入唐《にっとう》し、玄宗《げんそう》皇帝から紫の袈裟《けさ》を賜ったという。帰国後、僧正となり、天皇の生母である宮子《みやこ》の看病に効験があって褒美を得たりしている。一方の藤原広嗣は藤原不比等《ふひと》の孫であるが、おそらく当時宮廷で玄昉と競《せ》り合うことがあったのだろう。

天平十二年八月、大宰少弐《だざいのしょうに》であった藤原広嗣は上表して、玄昉と吉備真備《きびのまきび》を除くべきだと述べた。それは反乱と認められた。九州に向けて討伐軍が派遣され、広嗣は捕らえられて斬られた。その後、玄昉は大宰府《だざいふ》観世音寺《かんぜおんじ》の造営のために筑紫《つくし》に派遣されたが、大宰府で死んだ。その死に方について『扶《ふ》桑略記《そうりゃっき》』に次の記事がある。

⑫玄昉法師は大宰府観世音寺供養の時に、導師として腰輿《こし》に乗って供養していた。その時、俄《にわか》に大虚《おおぞら》からその身を捉《とら》えるものがあり、忽《たちま》ちに見えなくなった。後日、その首が興福寺の唐院に落ちていた

（扶桑略記・天平十八年六月五日、大野訳）

これは当時世間に広まった噂であり、藤原広嗣の怨霊の仕業だとされたのである。

こうした「霊」は平安時代にも使われ、『源氏物語』には「りやう」「らう」と書かれている（『栄花物語』や『大鏡』（千葉本）にはレイという仮名書きもある。リヤウは古く伝わった呉音、ラウはその呉音を表記上直音の形で表したもの、レイはより新しい漢音である）。平安時代の仮名文では、このリヤウ（ラウ）は、「死霊《しりよう》」だけでなく、「生霊《いきりよう》」も指すが、共に人の恨みの凝った何かである点はモノと同じである。

女三の宮との密事を光源氏に知られた柏木は恐怖から病む身となった。柏木の病状は見るからに心細そうで、時々は声を出して泣く。陰陽師の占いの結果、柏木に取りついているのは「女の霊」だという。しかし、その正体は分からなかった。父親の致仕大臣《ちじのおとど》からそれを聞いた柏木は、自分に女三の宮を仲介した侍女に向かって言った。

⑬あれ聞きたまへ。何の罪とも思しよらぬに、占ひよりけん女の霊《りやう》こそ……

「父親は私が何の罪に当たるかなどを御存じないのに、占いで「女の霊だ」と言っている。本当に女三の宮の執念がそれほど私に取りついているなら、今の自分のような嫌な身とは引きかえに、勿体《もったい》ない身となるだろうに」と、柏木は改めて女三の宮への執着を表した。　（柏木）

『栄花物語』には、兵部卿《ひょうぶきょう》藤原元方《もとかた》の「霊」がしばしば登場する。それが強くて実に多くのモノノケ事件を引き起こした。中宮安子《あんし》が懐妊した時、怪しく悩ましく苦しいので、種々の修法を行ったが、病状は一進一退で、見舞いに来た皇子守平《もりひら》親王も、近づくとモノノケ（怨霊）が移って危険だと差し止められるほどであった。藤原元方は、自分の娘が第一皇子広平《ひろひら》親王を産んだのに、東宮の地位を安子の産んだ憲平《のりひら》親王によって奪われたことで憤死した。その元方の怨霊が後々まで働いたのである。

⑭かの元方大納言の霊いみじくおどろおどろしく　（栄花物語・一）

安子にはモノノケが数多く取りついていた。中でも元方の怨霊は激しく、恐ろしく不吉なことが起きそうな気配で、その霊は安子を決して生かすまいとした。しかし息も絶え絶えの安子がついに出産し、皇女の産声を人々が喜んでいるうちに、安子は消えるように亡くなったという。

モノ（怨霊）という和語は、日本の書かれた歴史以前から日本語にあったと思われるが、このようにリヤウ（霊）という漢語形が並んで使われているのは、おそらく中国から輸入した観念体系にある「霊《リヤウ》」を、そのまま使ったのだろうと思われる。

この「霊《リヤウ》」という言葉が広く使われたことは、御霊会《ごりょうえ》という盛大な行事が貞観五年に行われたことによっても分かる。それは奈良時代から平安初期にかけて、政治上の謀略にかかって非業の死を遂げた人々、早良《さわら》親王（後に崇《す》道《どう》天皇と追号）を始め、伊予《いよ》親王以下の六人の霊を慰めるための特別の祭である。冤罪《えんざい》に陥れられたこれらの人々の霊がはげしく荒れて、当時の疫病の流行をもたらしたと信じられ、それをなだめるための祭だった。後には藤原時平を怨んで大宰府で死んだ菅原道真の霊に対しても御霊会が行われた。御《ご》霊信仰《りょうしんこう》によって生じた事件は中世にも極めて多い。

モノ、モノノケ（死者の怨霊）に並んで当時使われていた、類似の意味を持つ言葉をいくつか挙げてみよう。

イキスダマという言葉があった。それは生者の怨念の凝り固まった魂である。『類聚名義抄』という平安末期の字書に、

⑮窮鬼　イキズタマ　　（類聚名義抄・僧下四七）

とある。これは早くスタマ（魂）という言葉があって（『和名類聚抄《わみようるいじゆしよう》』に「魑魅　須太万《スタマ》」とある）、それにイキ（生き）という形容語が加わったので、当時は連濁を起こしてイキズタマといっていたものと思われる。スタマのスは、スアシ（素足）、スハダ（素肌）のスと同じであろう。イキズタマという語形は耳遠いので、ここでは最近の習慣に従ってイキスダマとして扱うことにする。次にその例を挙げる。

⑯大殿［左大臣邸］には、［葵ノ上ニ］御もののけ［ノ症状ガ］いたう起こ

りていみじうわづらひたまふ。［六条御息所ハ］この［自分ノ］御いきすだま、［アルイハ］故父大臣の御霊《らう》など言ふものありと聞きたまふにつけて、思しつづくれば、［考エテミルト、自分ハ光源氏ニ対スル］身ひとつのうき嘆きよりほかに人を悪《あ》しかれなど思ふ心もなけれど、もの思ひにあくがるなる［思イ詰メルトサマヨイ出ルト言ワレル］魂《たましひ》は、さもやあらむ［人ニ取リツキモスルダロウナア］と思し知らるることもあり　（葵）

よく知られているように、六条御息所は乱れる心を慰めようと、斎王《さいおう》の御禊《ごけい》の日、見物しに一条大路にそっと出掛けたことがあった。ところが、よい位置を取ろうと物見車《ものみぐるま》の争いが起きて、葵の上の一行にひどい目にあわされたことがある。それを思うと御息所の心はなかなか静まらず、まどろみの中で、葵の上と思しい人に対して猛《たけ》く乱暴な仕返しをする夢を何度か見た。

一方、葵の上には多くのモノノケらしいものが取りついていた。中に強力な一つがあり、なかなか霊媒《よりまし》に乗り移らせることができず、正体が分からなかった。ところが光源氏はそれが六条御息所のイキスダマであることを認めなければならなくなった。

というのは、重い病の床にある葵の上を光源氏が慰めたとき、葵の上は人々を遠ざけてこう言った。その声はがらりと別人に変わっていた。「いいえ、私は体が苦しいので、しばらく加持をおやめくださいと申し上げたいのです。このように参上することなど、私はさらさら思わないのですが、苦しい恋を思い詰める人の魂は本当に身を抜け出て、宙にさまようものなんですね」と懐かしげに言って、

⑰嘆きわび空に乱るるわが魂《たま》を結びとどめよ下交《したが》ひの褄《つま》［嘆キ疲レテ宙ニ迷ウ私ノ魂ヲ、着物ノ褄ヲ合ワセルヨウニ結ビトドメテクダサイマセ］（葵）

と言う。光源氏がその声の主は誰なのかと思いめぐらすと、それは全く六条御息所なのだった。世間ではよくこういうことがあると聞いてはいたが、目の前にこれを見て源氏はうとましくなった。葵の上の声も静まったので、楽になりかと見るうちに、ほどなく出産があった。

一方、六条御息所は葵の上の出産の話を耳にして、我を失っていた自分を

思い返してみた。自分の着物に加持祈禱に焚かれる香《こう》が染み付いている。髪を洗っても着物を着替えてもその匂いは消えない。これは葵の上の部屋で焚いていた香なのだった。

イキスダマとはこのように、生きている人の怨念が凝って体から離れ出てさまよいあるき、怨みの対象に取りついて祟るものであった。夕顔は取りつかれた直後に死んだ。葵の上は加持を緩めたときに死んだ。モノノケであれば、⑨で見た藤原頼通の例のように恢復することもあるが、イキスダマは恐ろしいものであった。例で見る限り取りつかれた人は死んでいる。

この事件から長い時が経過して、今は光源氏の生涯の妻、紫の上が死の床にあった。加持祈禱が頻りに行われた。すると、モノノケが脇にいる小童に乗り移った。その結果、紫の上は息をふきかえした。光源氏は嬉しくも恐ろしくも思ったのだが、小童に乗り移ったモノノケはこまごまと語り続けた。その髪を振り乱して泣く様子は、

⑱昔見たまひし［葵ノ上ニ取リツイテ顕レタ六条御息所ノ］もののけのさま

と見えたり　　（若菜下）

と書いてある。葵の上に取りついた六条御息所の怨念は二十五年を隔てたこの時になって、モノノケとして紫の上に取りついたのである。この時点で六条御息所は既に死んでいるから、六条御息所のイキスダマの事件を光源氏はここではモノノケ（死者の怨霊）といっている。

『源氏物語』の手習の巻の初めのところだが、僧侶達が宇治院の大木の根本に「白きものの広ごりたる」を見つけた。その時の僧侶達の反応は、当時の一般の常識を表すものと見ていいだろう。

その「もの」とは、実は宇治の山荘から死に場所を求めて失踪した浮舟が気を失って倒れている姿なのだが、僧侶達は口々に言った。「狐《きつね》の変化《へんぐゑ》したる「狐ガ人間ニ化ケタノダ」」とか「よからぬものならむ「ヨクナイモノダロウ」」などという。それを僧都《そうず》に報告すると「狐の人に変化するとは昔より聞けど、まだ見ぬものなり」と寝殿から降りて僧都はそれに近づいた。呪文を唱え、印を結んでよく見るとはっきり判った。「これは人なり。さらに非常のけしからぬものにあらず」と判断を下した。それでも僧侶達は「まことに人なりとも、狐、木霊《こたま》やうのものの、あざむきて取りもて来たる」「狐の仕うまつるなり」「鬼《おに》か、神《かみ》か、狐か、木霊か」「あなさがなの［タチノ悪イ］木霊の鬼や」「昔ありけむ目も鼻もなかりけん女鬼《めおに》にやあらん」などそれぞれの思いつきを言う。疑わしいものを、キツネ、コタマ、オニ、カミ、コタマノオニ、メオニといっている。これらはみな当時の社会で、何か怪しいもの、恐ろしい力を持つ存在だったのだろう。

モノ（怨霊）という言葉の使い方を見ると、時代的変化の傾向としてはモノ（怨霊）は衰退していった。モノ（怨霊）という言葉の衰退の原因は三つ推定される。

先にも述べたが、一つはモノという語形には同音異義語が多くあったこと。それはI世間のきまり、II儀式、行事、III運命、動かしがたい事実・成り行き、IV存在などである。殊に、IV「存在」の意の「物」の複合語は、実際的な必要によって次第に増加の一途をたどり、モノ（物）はコト（事）やトキ（時）、トコロ（所）などと並ぶ日本語の最も基礎的な単語となった。これらと同音であるV「怨霊」の意のモノはそれらとの区別を明示する必要もあって、もっとはっきりしたモノノケという形に吸収される傾向があったといえよう。

二つ目の原因は、モノと並んで、オニという言葉が平安時代に広まってきたことである。「見えない恐ろしい存在」だから「陰《おに》」といっていたのに、オニは時代の降るとともに、「目に見える恐ろしい存在」まで指すようになり、「目に見える恐ろしい奇怪な異形」を指す言葉へと変わっていった。『今昔物語集』から一つ引いてみよう。

⑲鬼走リ懸《カカリ》テ、……面ハ朱ノ色ニテ、円座ノ如ク広クシテ目一ツ有リ。長《タケ》ハ九尺許《バカリ》ニテ、手ノ指《オヨビ》三ツ有リ。爪ハ五寸許《バカリ》ニテ刀ノ様《ヤウ》也。色ハ禄青《ロクシヤウ》ノ色ニテ、目ハ琥《ク》珀《ハク》ノ様《ヤウ》也。頭ノ髪ハ蓬《ヨモギ》ノ如ク乱レテ

（今昔物語集・二七巻一三話）

三つ目の要因として、社会の一般的状況の変化を挙げたい。『源氏物語』などにはモノノケによって、病から死へと、命の奪われる話があったのに、時代を降ると、血が流れ、手足が食いちぎられる残虐な事件は、オニの仕業によるものとして多く語られるようになった。つまり、時代の進みと共に社会に存在する物を明確に見てはっきりと具体的に述べる傾向が力を増してきた。中世に入っても、怨霊を恐れる気持は依然として強かったが、それと共に目に見えて残酷な暴力的なことをするオニが前面に出てきたように思われる。モノ（怨霊）という言葉も、モノノケという言葉も『日葡辞書』に載っている。また、レイ（霊）もリヤウ（霊）もオニ（鬼）も載っている。つまり、中世の終わりごろには、モノ（怨霊）は同類の言葉と並んでいたが、その後、使われる場が減り、やがて消えて行った。

（付記）

モノノケは漢語「物恠」と関係があるのではないかという意見もある。それについて一言私見を記しておこう。モノノケと「物恠」は関係がない。

漢語として、中国本土で古くから使われる「物恠」という言葉は、訓読するとモノノケとなる（恠は怪の俗字である）。だから、モノノケはこれの訓読から発したと見るわけであろう。しかし、「物恠」の漢語としての意味は「不思議なこと、意外なこと」の意で、日本では『続日本後紀《しょくにほんこうき》』にも「物恠」という言葉はある（承和四年七月、同五年七月、同八年六月など）。しかし、その意味は天変地異のきざしという意味である。『平家物語』巻五「物怪之《もっけの》沙汰《さた》」の章の例も、奇怪、異形のものがさまざまに現れる話である。つまり「物恠」は個人の個人に対する「怨霊」という意を表していない。『日葡辞書』の「物怪」に「Mocqe. 不幸なこと、あるいは、悪い事や耐えがたい事などが思いがけなく起こること」とある。「物怪」はモックワイとも訓んだ。「Mocquai. 人を疑うこと、または、人を怪しむこと」とある。この「物」

はいずれもモノ（怨霊）とは結びつかない。

また、『続日本後紀』の承和十四年三月十一日条には「物気」という語があり、「物気」を鎮めるために僧達が清涼殿で大般若経《だいはんにゃきょう》を転読したという。公卿《くぎょう》の日記にも「物気」は登場する。しかし、この「物気」という言葉を使用した『論衡《ろんこう》』（後漢の王充《おうじゅう》の撰）の訂鬼の章を見ると、吉祥についても妖祥についても現れるきざしが「物気」であると述べられている。「物気」は怨霊に限って用いられる言葉ではない。また「物」がそのまま怨霊を示すことはない。だから、モノノケという言葉の起源を「物恠」に、あるいは「物気」に求めることは妥当とは考えられない。

おわりに

モノが①きまり・運命②物体・存在③怨霊《おんりょう》という三つの代表的な意味を持っていたことは『岩波古語辞典』（一九七四年）に書き、同年の『日本語をさかのぼる』に敷衍《ふえん》、説明した。それを承《う》けて荒木博之氏が『日本語から日本人を考える』（一九八〇年）にモノについての論を展開されたことがあった。ところが南インドの言語（タミル語など）を調べると、そこに日本語のモノ（mönö）に対応する音を持つ単語が二つあり、一つは右の①②（不可変の存在）に対応し、一つは③（怨霊）に当たる意味を持つことが分かった。

モノは独立語としても、複合語としても用例が多いので、平素一緒に古語を調べている五人の研究者と手分けをして、このモノという言葉を研究し直した。本書はその結果をなるべく分かり易いようにと纏《まと》めたものである。

『源氏物語』を中心にしてモノに関する文例を集め、意味を吟味し直し、見解を相互に検討し合う会合が毎週開かれた。私も時々それに加わったが、甲論乙駁《おつばく》、お互いの原稿を厳しく批評し合うだけでなく、原稿をファクシミリで交換して考えを練った。これは足掛け三年にわたる作業になったが、私としては近来になく愉快な時間だった。というのは、分かっているつもりで読んできた『源氏物語』の言葉に、思いがけない意味があることに気づく、その繰り返しだったからである。私は一緒に研究した学習院大学や東洋英和女学院大学の卒業生達にお礼を言いたいと思っている。

先にこの研究のきっかけがインドの言葉にあると述べた。しかし、この本に盛り込まれた結果はインドの言葉と全く関係なく日本語の中で考えたものである。

なお途中に挟んだ小話四つは私が平安女流文学を読むうちに自然に思い至った空想を、一刻のお笑いとして並べたもの、及び、本書の主題には関係ないが長らく心にかかっていた単語一つの意味について記したものである。

この本の内容は全て共同討議を経ているが、個々の単語については基本的な調べを誰か一人が担当し、文章としては私が最終的に統一した。その出来上がり原稿を吉岡曠君に目を通してもらった。各人が扱った項目を次に挙げておく。

大野晋　ものいひ・ものわすれ・ものを・ものがたり・もののあはれ・なまめかし
石井千鶴子　ものす・ものものし・ものさびし
金子陽子　ものいみ・ものみ
西郷喜久子　ものちかし・ものとほし・ものまめやか・ものおもひ
白井清子　ものゑんじ・ものこころぼそし・ものし・ものうし・もの
須山名保子　もの・もののけ

二〇〇一年六月三〇日

大野　晋

増補

本増補は、『本の旅人』二〇〇二年一月号～八月号に連載された「『源氏物語のもののあはれ』について」の原稿をもとに構成しました。

私は二〇〇一年十月に角川ソフィア文庫からこの本を刊行してもらった。これは源氏物語に見えるモノという言葉の意味を再吟味した結果を書いたものである。モノは源氏物語に約三三〇〇を超える用例があり、誰にでも分かっている言葉と見られてきた。

ところが吟味し直してみると、それは思いがけない意味を明確に持っていた。①世間のきまり、②儀式、行事、③運命、動かしがたい事実・成り行き、④存在、⑤怨霊という五つである。具体的に実例としてこの本で取り上げたのは紙面の都合で二〇語にすぎなかった。

早速友人から質問がきた。例えばものの姫君のモノは何ととればいいのかしらという。考えてみるとこうした疑問に直面する読者は少なくないかもしれない。そこで扱いきれなかった単語をいくつか取り上げ、解説を加えようと思う。

もののひめぎみ【ものの姫君】

まず、このものの姫君という言葉である。このモノには、この本で扱ったもの怨じのモノが参考になると思う。

もの怨じのモノの基本は①世間のきまり、の意で、「世間できまっている、型通りの」と訳される。もの怨じとは「男と女の間で、世間によくある、形通りの、女性が男性の不実を嫉妬して、怨みをはっきり言葉や行動に表すこと」と説明した。このモノとものの姫君のモノは根本的に同じである。

光源氏が玉鬘《たまかずら》と物語論を交わしたときに、それに続いて、源氏は玉鬘に誘いの言葉をかけた（蛍）。「さてこうした古物語の中に、私のような馬鹿正直な男の話があるでしょうか。ひどく親しみにくいものの姫君ですら、あなたのように冷たく、人をはぐらかす方はないでしょうね」といって光源氏は玉鬘にすり寄っていく。

つまり光源氏は玉鬘をつれないと極《き》めつけて「世間のきまりに忠実で、たやすく男性に近づいたりしないお姫様でも、あなたほど冷たい人はいない」と気持を表明した。ここのモノとはそうした意味と考えてはどうか。

二番目の例は総角《あげまき》にある。思いがけず匂宮《におうのみや》に寄られて、心用意もないうちに新枕《にいまくら》を交わした宇治の中の君は、翌日涙に袖を濡らして、とても機嫌が悪かった。しかし匂宮が険しい遠い山路を冒して再び訪れると、中の君は少し人妻らしくなったと感じられた。あれこれ言葉を尽くして中の君を慰めたが、中の君はそれを聞き分けるゆとりを持たなかった。この上なく大事に育てられたものの姫君でも、少しは世俗の人と近しくして、親とか兄弟など男性の様子を見馴れていれば、男性に対する恐ろしさもそれなりに理解できるものだろうに、宇治の山里で女ばかりの暮らしをして育った中の君は、思いがけない男性のふるまいがただ恐ろしく、恥ずかしく思われるのだった。

ここでいうものの姫君も最初の例と同じく、「世間の仕来りに従う姫君」ということであろう。

三番目の例は葵《あおい》の上である（若紫）。左大臣家では光源氏のおいでを待って、御殿を万端輝くばかりに整えていた。ようやく見えた光源氏に対して、女君（葵の上）は這い隠れてすぐお迎えにも出なかった。左大臣に注意されて、かろうじて光源氏の前に現れたが、ただ絵に描いたものの姫君のように、型通りに座って、みじろぎするでもなく、きちんと整った恰好をしているばかりだった。ここでいうものの姫君とは「絵などに描かれているような、世間のきまり通り、型通りのお姫様」ということである。

最後の例は蜻蛉《かげろう》の巻の、女房侍従の感想の中にある。

宇治で働いていた女房侍従に目をつけた匂宮は、自分の邸で使おうと語ったが、警戒した侍従は宮にお仕えしたいと希望して許された。行ってみた侍従はこう感じた。「身分の高い、ものの姫君ばかり集まってお仕えする所と聞いていたが、ようやくその内部が分かり始め、よくよく観察してみても予想の通り、宇治でお仕えしたお方（浮舟《うきふね》）に似るような方はいない」。このものの姫君も「世間にいるおきまりのお姫様達」という意味と見られる。

このようにものの姫君とは「何かの姫君」「物語の姫君」などの訳語では

捉えられない意味を持っている。

一例しかないものの娘も、右に準じて解釈できる（蛍）。光源氏がいう。

「姫君の前でこうした色恋の物語などお読みしてはいけません。ひそかに自分もという気持を持つものの娘（世間のきまり通りの娘）などは、面白いと気を引かれないまでも、こんなことも世間にはあるのだとそれを普通のこととお思いだと大変ですからね」。

これらの例のモノはもの怨じのモノと基本的に共通な意味を持っている。それをはっきり認識したいと思う。

もののね【ものの音】・もののじゃうず【ものの上手】・もののくさはひなど

源氏物語にはものの音という言葉がたくさん出てくる。これが、音楽の音あるいは響きであることは誰にも分かる。使い方を見ても、「ものの音を掻き鳴らし」（桐壺）、「ものの音ども絶え絶え聞こえたる」（賢木）などとあって、具体的には、琴《きん》、和琴《わごん》、琵琶《びわ》、笛などの演奏を指している。また「ものの音調へ」（若菜上）とあるのは、「曲調」と訳すべく、楽器の調子の調整である。

では、どうして「演奏」とか「曲調」とかを、ものの音と造語したのか。

既に見たように、モノには「個人の力では変えられない」という基本的な意味がある。演奏とか曲調とかいう事柄には、「きまった音の高低、強弱、長短、間《ま》のとり方」があり、それの組合せを奏者が勝手に変更はできない。つまり、「歴《れっき》とした奏法」がある。だから演奏、曲調をモノといったのである。

ものの上手という言葉もまた、琴、笛、琵琶、歌の演奏が上手な人をいう。のみならず、ものの上手には「木の道の匠《たくみ》」をいうことがある。

まことのものの上手はさまことに見え分かれはべる（帚木）

とあるのは、調度品の飾りとする「定まれる様《やう》ある物を難なく仕出づる」人を、賞讃する表現である。

ものの上手は絵を描くのが上手な人にも使う（絵合）。

暮れゆけば、御簾上げさせたまひて、ものの興まさるに（若菜下）

ここでは貴族の若君達が容貌可愛く、種々に舞う舞をモノといっている。舞も動きにきまりがある。その型を美しく演ずるのを見る楽しみがものの興である。

宇治の八の宮を亡くし、大君も失ってしまった薫は、思い出の残る寝殿を取り壊して寺に改築しようとする。その話を聞いた阿闍梨《あじゃり》は賛成していう。

暦の博士が日の吉凶を占って、よい日と言上する日を承って、もののゆゑを知っている工匠《たくみ》を二三人頂き、こまかなことは仏典の教えのままに致しましょう（宿木）。

ここにはもののゆゑとある。ユヱとは根本、根源、ことの基づくところをいう。モノは建築の方式、決まった手順。だからもののゆゑは「建築の仕方の基本」という意味となる。

次には、モノが二つ並んでいるが、その意味がちょっと違って使われている例を見ることにしよう。

常陸介《ひたちのすけ》は娘に芸事を習わせた。琴や琵琶の師として、宮中の内教坊《ないきょうぼう》あたりから人を迎えて習わせる。一曲終わるごとにお礼を言っては禄を与え、速い調子の立派な曲を師と合奏する時などは涙もつつまず、愚かしいと思われるほどものめでした。浮舟の母君は、これらのことについて少しもののゆゑを知っていたから、それをとても見苦しいと思い、相手にしなかった（東屋）。

ここでいうものめでとは「世間でよく見るきまりきった賞讃」の意であり、「少しもののゆゑ知りて」とは「演奏の技法の根本を既に多少知っていたから」ということである。

もののほどという表現がある。

男に対してあまりに冷淡で、気が強い女は、男に向かってひどく優しさに欠け、生真面目《きまじめ》一方で、あまりにもののほどを知らない様子に見えるが、それで押し通しきれはせず、つまらない男の相手におさまったりする（末摘花）。

ここにいうもののほどのホドとは程度である。モノは「世間のきまり、世間一般」だから、ここでは「世間一般の男女のつきあい方の程合いについても心得がない」ということになる。

光源氏は玉鬘《たまかずら》を蛍兵部卿宮《ほたるひょうぶきょうのみや》などに見せて「少し心を乱してやろう」というたずら心をおこす（玉鬘）。「本来、好き者のはずのこれらの男が光源氏の周囲では行儀正しくしているのも、こうしたもののくさはひがないからだ」などと紫の上に話す。クサハヒとは「種」である。モノは「世間できまったこと」である。だから、もののくさはひとは「世間で起こるにきまっている男と女の間の事件の種」ということになる。つまり、男達が静かにしているのは、事件を起こす種になるほど魅力のある女性が辺りにいないからだ。事の中心となる女性として、玉鬘は恰好な人物だというわけである。

内大臣になった昔の頭中将《とうのちゅうじょう》は子供に女子が少ないので、夕顔が産んだ娘が行方知れずになっているのを探していた。

こう少ないもののくさはひの一人を失って残念だ(蛍)。

という。これも娘が年頃になれば、結婚話であれこれ事が起こるのが世間一般なのに、その「世間並みのことをする種」になるはずの娘を失って残念だと語ったのである。

もののこころ【ものの心】

モノという言葉の最も古い基本的な意味は「不可変である」ということだった。それが具体的には「世間のきまり」とか、「きまった形式の行事、儀式」あるいは「運命、動かしがたい事実・成り行き」そして「存在」を指したことは既に書いた。

ものの心という言葉が三十例あまりある。この場合のモノは「世間のきまり」の系列に入るものが多い。勿論、そのままではなく「仏教の教理」を指す場合もあり、「男女の仲」を指すと見えることもある。その例をいくつか挙げていこう。

内大臣が断固として雲居雁《くもいのかり》を引き取ることにしたとき、大事にしてきた姫君を取り上げられる大宮は「それは仕方のないことでしょうけれど、大臣はものの心を深く御存知なのに、私を恨んで、姫君をこうして連れておいでになるとは」と訴えた（少女）。「あなたは老人が孫娘を愛するという世間の道、理を深く御存知なのに」と嘆いたのである。

光源氏が明石の君に向かって、紫の上をたたえて話をするところがある。光源氏の言葉は明石の君自身に及んだ。

「あなたこそ、少しはものの心が分かっておいでのようだから、とてもいい。紫の上と本当に仲良くして、明石の女御《にょうご》のお世話をなさってください」とひそやかに言う（若菜上）。ここでいうものの心も「世間の道理」、個人的には左右できない「世間的なきまり」を指している。明石の君の身分と紫の上の身分の差を明瞭に認識すること、それを「ものの心得て」といったのである。

モノという言葉の複合した単語の意味が、しっかりと理解されないままできた理由は、モノの意味の基本が「不可変であること」が見えなかったこと。さらに具体的にはそれが先に挙げた四種の事柄に分かれ、今日ではそれぞれを言い分けることに気づかなかったところにある。既に示したものの姫君（世間のきまりに従っている姫君）の場合と、ものの上手（芸事についての上手）という場合、モノは現代語では明確にいい分ける。当時はそれが一つのモノで区別なしに表現されたので、今日からはその意味の区別を的確に捉えにくい。それでも、この二つのモノの場合にはものの姫君とものの上手のように異なる名詞と組んでいるから、まだお互いの相違は見分けられる。

ところがものの心となると、モノとココロの組合せは同じであるのに、後世の言葉に置き換えようとすると全く別の言葉になってしまう例がある。

たとえば、鈴虫の巻で持仏開眼《じぶつかいげん》の供養のとき、光源氏は女三の宮に向かって教えて言った。「坊さんの講説の折には、あたりの人を静かにさせて、ゆったりとものの心を伺うべきですから、無遠慮に動く人の衣ずれの音や人の立ち動く気配を静めるのがいいでしょう」。ここでいうものの心のモノは「きまり」であるが、それは「仏教の教理」である。

ものの心のこういう使い方は、橋姫の巻にもある。薫が仏道に心を寄せていたとき、宿徳の僧都《そうず》や僧正《そうじょう》にものの心を問うのもことごとしく思われたという。これも「仏教の教理」の意である。

この他にものの心として数多くあるのは、モノが「男女の仲」を意味する場合である。モノは「世間のきまり」だから、それは「男と女の出会いにおいてきまって生じる感情のやりとり、それぞれの動き」を指すことがある。

浮舟の死を聞いた匂宮《におうのみや》は事情を聞かせに大夫《たいふ》の時方を女房の右近のもとにやる。しかし、女房右近は「いずれこの忌みが明けましたら、こちらからお伺いして申し上げたいと存じましたが」と言って何も語らなかった。時方も泣いて「全くこのお二人の仲のことはこまかに承っておりません。私はものの心も存じない者でございますが、例のない宮様のお気持ちを拝見いたしました」と言う（蜻蛉）。時方はここで「私など男女の仲などということは分からない者でございますが」と言ったのである。

浮舟の巻にも同じ意味で使われた例がある。暗夜に匂宮に忍び寄られた浮舟は、薫ではない別人であったことに驚愕したのだったが、一夜を共に過ごすと、男としての匂宮は薫とは違って彼女を魅する魔力を持つ人だった。浮舟は匂宮に惹かれて翌日を共に過ごす。はじめて女性として目覚めた浮舟の変化は、後日訪れた薫にもはっきり認められた。薫は自分が通うことによって浮舟が女らしくなったのだと錯覚する。浮舟の様子を見て、「だんだにものの心が分かるようになり、都馴れしてゆく有様が可愛く思われ、前より美しくなった気がした」とある。このものの心も、男女の仲を解する心であり、それを得て女らしくなったと思ったということである。

もののむくい・もののいろ【ものの色】・もののさとし

モノが「世間のきまり」である例を挙げてきた。もののむくいのモノも、「きまり」「きまったこと」の系譜に入る。

暴風雨への応対に疲れ果ててまどろむ光源氏に、既に亡くなった桐壺院が現れ「早くこの浦を去ってしまえ」と促し、「あなたがここに流されているのは、ちょっとしたもののむくいなのだ。自分も不識の間に犯した過ちがある」と言う（明石）。それは「違反してはならない世間のきまりによって生じる報い」の意である。

朱雀《すざく》帝は光源氏を須磨に流したものの、桐壺院の遺言に背いたことが心にかかっていて、もののむくいがきっとあるだろうと恐れていた（澪標）。きまりへの違反に対して報いがあるだろうと懸念していたわけである。しかし、都への召還が実現すると、眼の病もさわやかに回復した。つまり、もののむくいは「世のきまりによる報い」という意味である。

もののモノもまた「きまり」「規定」の意である。「ものの色いときよらにて」（葵）とか「ものの色、しざまなどをぞきよらを尽くし」（宿木）などの場合には、文脈を見るだけで「着物の色」「衣裳の色合い」の意であることは誰にもすぐ分かる。どうして「世間のきまり」が「着物」「衣裳」になるのか。

平安時代には朝廷で着るものの色が位によって規定されていたことは周知のことである。天皇は青、上皇は赤、皇太子は黄丹《おうだん》、以下、紫、緋、緑と位によって色がきめられていた。女子にも禁色《きんじき》があり青や赤には位による規定があった。

夕霧が若い頃、相思の雲居雁《くもいのかり》の乳母から「いくら御立派とはいえ、御結婚の相手が六位から始めるようでは、お姫様がおかわいそう」とそしられた。夕霧は失礼なと思うものの、雲居雁に向かって「あなたを思う私の紅《くれない》の涙に濡れる袖を、浅緑とは本当に恥ずかしい」という歌をおくる。それは六位の袍《ほう》の色が浅緑だったからで、袍の色が「世間のきまり」だった例である。

ものの色という言葉は、こうした「位階と連結した着物の色」から発して、その限定を失ってゆるくなり、そのまま直接「着物の色」「着物の色合い」の意でも使われた。

というのは、鬚黒《ひげくろ》の北の方の邸は全体が荒廃して、御自身は「もののきよらもなくやつして」いたという（真木柱）。これは衣裳とも身だしなみともとれる使い方である。モノはそういう広い意味にまで使われるようになった。

一方、モノには「動かし得ない運命」とか「運命的な成り行き」という意味があった。その例をこれからいくつか挙げていこう。

はじめはもののさとしである。サトシはサトル（悟る）と一対になる言葉である。サトルは「神仏の啓示をうけとる意。転じて、物事の本質的な意味や根本原理、真相などを、啓示され、あるいは発見して知る意」とある（『岩波古語辞典』）。サトスはその他動詞形である。これには「神仏が啓示・警告して、その人の本当に知らねばならぬことを気づかせる」とある。だから、もののさとしとなれば、サトシの上に「運命の」を加えればいい。つまり、これから生じる「避けがたい運命についての予告、警告」がもののさとしである。

では、もののさとしがあったとは具体的にはどんなことが生じたのか。

光源氏が須磨に流されていたときに、三月の初旬の巳《み》の日には、禊《みそぎ》をするものと聞いて陰陽師《おんみょうじ》を召して祓《はら》えをさせた。ところが、うらうらとしていた海面をにわかに風が吹き始め、空もかきくれ、雷鳴が轟いた。京では、三月十三日、雷が鳴りひらめいて、雨風が騒がしかった(明石)。その夜の朱雀帝の夢に桐壺院が現れ、御気色悪く、帝を睨みつけた(明石)。そして弘徽《こき》殿大后《でんのおおきさき》もものけに悩み、帝の眼病もそのころ重くなった(明石)。また、藤壺が三十七歳の年、世の中が騒がしくて、大空に異例の日・月・光が見え、雲の様相もただならぬものがあった(薄雲)。

これらの事態がもののさとし(避けがたい運命の予兆)ととられることだった。こうした場合、人々はそれに対応しなくてはならない。明石の巻の天変や病気の場合には、光源氏を都へ召還するという処置がとられた。それが警告に応ずる行動だった。藤壺の場合は、三十七歳という重厄《じゅうやく》とされる年齢であったのに、人が大仰だと思うのではないかと、仏事供養のことなども特別に行わずじまいにしたと懈怠《けたい》を語っている。帝による手厚い祈禱が行われたが、その病はいよいよ篤く、ついに回復に至らなかった。

もののさとしとはそうした「避けがたい運命の啓示、警告」をいう言葉である。

もののけしき

もののけしきという言葉は源氏物語に四回出てくるだけである。そのせいか『日本国語大辞典』にも『源氏物語辞典』にも、これは見出し項目として立っていない。それはケシキの意味が分かればモノノの意味を見過ごしても文脈を取り違えることはなさそうに思われるからかもしれない。

しかし、この言葉の使われ方をよく見ると、モノの意味を明確に認識することが必要である。その四例がどんな場面で使われているかを、まず一つずつ見ていくことにする。

その一は橋姫の巻で、薫が八の宮を訪れ、仏道の話を通して親しくなる。八の宮の留守に訪問した薫は大君と話をするが、大君は老女弁の君に委《まか》せて退いてしまう。この弁の君は次のような人間関係にある人物だった。

〔姉〕柏木の乳母《めのと》――〔その子〕弁の君
〔妹〕女三の宮の乳母――〔その子〕小侍従

小侍従とは、女三の宮の周りに人少なであることを柏木に通報し、女三の宮が突然現れた柏木によって恐ろしい経験をするきっかけを作った女房である。弁の君の母親は柏木の側に侍して日常生活の細部を心得ている乳母であった。柏木は命旦夕《たんせき》に迫ったとき、その弁の君に遺言と女三の宮との文通の紙片を遺品として預けた。弁の君は涙にむせびながら、二十余年前の出来事について知るところを薫に語った。

私はこんなはかない、数ならぬ身ではございますが、夜昼かの柏木の御かげにお付き申し上げておりましたので、「おのづからもののけしきをも見たてまつりそめしに」とある。そして弁の君は遺品を薫に渡したのだった。これが用例の一である。

次は宿木の巻で薫が中の君に迫るところである。薫は「知らぬ僧侶なども近くに寄り、医師なども御簾《みす》の内に入るではありませんか」と女房を介した中の君との言葉のやりとりに不満を訴えた。実は薫は既に中の君に強く言い寄って、奥に退いてしまおうとする中の君について「馴れ顔に、半《なか》らは内に入りて添ひ臥したまへり」ということがあった。近くにお仕えする女房二人はその傍らにいるに耐えず、知らず顔でそっと場をはずすということがあったのだった。だから今度も中の君が不機嫌な様子ではあったが、「一夜もものけしき見し人々」は薫を夜居《よい》の僧の座に入れ奉ったという。これが用例の二である。

次は浮舟の巻である。匂宮との間柄が深くなり、宇治の浮舟のもとでは、匂宮からの使者と薫からの使者とが鉢合わせするような事態が生じた。そしてついに薫から「波こゆるころとも知らず末の松待つらむとのみ思ひけるかな、人に笑はせたまふな「心変ワリシテオイデトモ知ラズ、ヒタスラ私ヲ待ッテオイデナノダト思ッテイマシタ、私ヲ人ノ笑イ者ニナサラナイデクダサイ」」という手紙がきた。浮舟は「手紙の宛名が間違っているようですから」とだけ書いていてその手紙を返送した。浮舟の女房右近はひそかに手紙を開けて中味を見ていたので、浮舟に言う。「殿はもののけしき御覧じたるべし」。浮舟は顔がさっと赤くなり、何事も言わなかった。

薫は浮舟邸の監視を強化するように内舎人《うとねり》に命じた。その内舎人は薫から、「万一手抜かりがあったら、重く処罰すると言われた」と荒々しく恐ろしい声で右近に伝えた。右近は浮舟に、申し上げた通りのことが起きたことをよくお聞きくださいまし、「[殿（薫）ハ」もののけしき御覧じたるなめり」御消息もございませんことと嘆いた。

右の四例のもののけしきを見ると、これらはいずれも共通の状況を指している。

その一は、女三の宮と柏木の密事を常に側に侍する女房が見知っていたことを指している。その二は、薫が奥に避けた中の君を追って半身は内に入って添い臥したさまを二人の女房が知っていたことを指している。その三と四は、匂宮と浮舟の関係を、薫が確認したと見られること。それを女房右近が表明する言葉で、二例とも同じ言い方である。

ケシキという言葉は基本的に「大気の色（動き、様子）」の意の漢語で、「大空の雲のさま」は手に取ることはできないが、その動き、兆候は目に見えるものである。だから、もののけしきの場合も、ケシキとは兆候がそのものずばりではないまでも形として捉えられたさまをいう。

するとモノとは何か。モノには「動かしがたい事実」「変えがたい成り行き」という意味がある。それは「運命」をいう場合もあり、関係する者にとっては極めて重大な意味を持つことである。四例のもののけしきのモノもまさにそれで、「当事者達に重大な結果をもたらす事実」であり、それを傍らから女房が見て、そのきざしによって確認していることを示すのがもののけしきだといえよう。

ものはかなし

ハカナシという言葉はハカとナシの複合で、ハカとは仕事のハカがいったとかいかないとかいうときのハカと同じで、目安として見込んだ仕事の量である。目方をハカルのハカも「これくらいかなと見当をつけた量、重み」で、それを実際に試してみるのがハカルである。

ハカナシとはそのハカがないさま。行動するにもことという確かな目安も立たず、これという頼りにするところもない、まことにつまらないさま。住まいでいえば、小さい、とるに足りない家のさま。年齢でいえば、幼稚ということになる。

モノとは運命とか、成り行きとか、世間のきまり、存在という意味だと繰り返してきたが、その根本的な意味は「不可変」、つまり自分の力では変えられない事柄、あるいは存在をいう。自分で変えられないといえば、世間のきまりがあるが、その一つとして身分、社会的状況もある。生まれつきとか年齢なども、変えられないうちに入るだろう。平安宮廷人の意識では、着物の着方などにも身分上の制約があり自分勝手にはいかなかったから、それもモノと扱うことがあっただろう。

モノをそう理解した上で「モノがハカナイ」のがものはかなしである。これは決して「何となくハカナイ」ではない。

ものはかなし、ものはかなげなどは源氏物語に計三十八例ある。それについて具体的に見ていくことにしよう。

最も多いのが身分についていう場合である。

新来の女房の一人と見られて、日暮れから暗闇に至るまで押さえられ続けていた浮舟は、かろうじて匂宮《におうのみや》の手から逃れて、中の君の前に呼ばれた。東国で育ったこの異母妹を見て中の君は思う。「現在、我が身には厭なことが多いが、こんなふうにものはかなき目（身分のとるに足らない者としての扱い）を受けるはずであった私が、こう落ちぶれもしなかったのは幸せだった。今はこの憎い心の匂宮が無事に浮舟から離れてくれれば心配はなくなる」と思ったとある（東屋）。

薫に向かってその出生の秘密を打ち明ける弁の君は言う。「私はこのようにものはかなく（身分もとるに足らず）人の数にも入らない身ではございますが、夜昼となくお側にお付き申し上げておりましたので、自然にその（柏木と女三の宮の）大変なことの様子も存じ上げておりました」（橋姫）。

前斎院朝顔の姫君に光源氏が執心であると耳にした紫の上は「前斎院は自分と同じ筋の方ではあるが、世の評判は格別で昔から高貴なお方と言われておいでだから、もし源氏の御心が移りでもすれば私はみっともないことになるだろう。私は年来は並ぶ方もなかったが、人に押し消されるようなことは」などと人知れず嘆息する。「私との縁をすっかりお切りになるようなことはなさらなくても、全くものはかなきさまにて（育ちもとるに足りない有様だから）優しくしてくださった年頃のむつまじさは、見下した御心からのことなのかもしれないが」とさまざまに思い乱れておいでである（朝顔）。

身分の低さ、育ちのとるに足らなさという例は多い。桐壺更衣は女御《にょうご》更衣たちに意地悪をされたとき、やはり「我が身はか弱く、ものはかなき（身分の低い）ありさまにて」と前途を思い悩んだり（桐壺）、女三の宮の母親である藤壺女御は「とり立てたる御後見もおはせず、母方もその筋となくものはかなき（身分もとるに足らない）更衣腹にてものしたまひければ、御まじらひのほども心細げ」であったりする（若菜上）。

こうした「身分」とか「育ち」の低さ、そこから生じる運命と並んで不可変なのは「生まれつきの性分」である。

女三の宮の婿選びに腐心する朱雀院《すざくいん》はあらためて女性の一生を思いやって、それが甚だ困難なものだと述懐すると共に、女三の宮自身についての懸念を示し、「あやしくものはかなき心ざま（生まれつきの、か弱い心の持主）にやと見ゆめる御さまなるを」と言っている（若菜上）。

また、変えることのできないのは「年齢」である。

桐壺院の病篤《あつ》く、人々がお別れの心を込めて御見舞に参上したとき、東宮は久しぶりの対面に何心もなく嬉しいという顔色なのだった。重要なお話をなさっても「いとものはかなき御ほど（東宮は五歳だった）なれば」、東宮は意味が分からず、藤壺は悲しくそれを眺めたという（賢木）。

女三の宮は源氏と結婚したが、「みづからは何心もなくものはかなき御ほどにて（年端もいかず）」身体もお召し物に包まれて、触れば壊れそうな様子だった（若菜上）。

夕霧は雲居雁《くもいのかり》に接近するが仲を裂かれて女房たちからは深い心のないお方と軽んじられ、文通もできない。大人びた知恵があれば、しかるべき機会を作る工夫もするだろうに、夕霧の方はものはかなき年のほど（雲居雁より年下）なのでそうはできず、口惜しいとだけ思うのだった（少女）。

モノという言葉には「世間のきまり」という意味がある。それは場合によっては、人と人とが関係を持つときに、それにふさわしい「正式な行為」を意味することがある。ものはかなしについても、男女が結婚の関係に至るときに、親たちや周囲がそれらしいお膳立てをして事が進むことをモノで表すことがある。そのモノが不確かで、初めから公認されていない、いわば私的な出会いであったときなどに、ものはかなしという。

宇治の中の君が匂宮《におうのみや》と結ばれたのは、姉大君《おおいきみ》のひそかなはからいによるものので、正式に人を介してのことではなかった。それはいつも中の君の心にかかっていた。その中の君に薫が近寄って、あれこれ胸のうちを語ったりする。一方、匂宮は、ついに浮舟の所在をつきとめ、一夜の関係を結ぶに至った。匂宮はそれを中の君にしばらくは知らせまいと思う。その状態で中の君の心をよぎる思いがあった。「私と匂宮との関係はものはかなきさまで始まったのだから、宮は私を何かにつけ軽率な女だとして、薫様との間柄についても疑っておいでなのだろう。それが悲しい」というのである（浮舟）。

このものはかなしという気持は男の側から女を見るときにも心をめぐることがあった。浮舟が宇治川のほとりで救われた事件の後、僧都《そうず》から浮舟の身元を尋ねられた薫は「［アノ女ハ］皇族の筋ではあったのでしょうが、私との縁は、もともと私が特に心を寄せたということでもございません。ものはかなく［正式ナ関係トシテデハナク］ついちょっと見つけたところから始まったものでしたが、これほど零落するような身分とは存じませんでした」と答えている（夢浮橋）。

ものはかなしのめずらしい使い方にこんな例がある。若い雲居雁が羅《うすもの》の単衣《ひとえ》を着て、扇を持ったまま腕を枕に、つい昼寝をしているところに、父内大臣が訪ねてきて、「うたた寝はいけないと申し上げているのに、何故こんなふうにものはかなきさままでお休みなさるのですか」と難詰する（常夏）。ものはかなきさまとは、世間の常識にはずれた、守るべききまりにはずれたさまといった意味である。

このようにものはかなしは、「世間のきまり」から見てそれにはずれた、劣った、たよりにならないことを指した。

ものきよげ

ものきよげという例は十数例あるが、ゲ（見た目の形）という接尾語がついていることから分かるように、キヨゲは現在にいう「綺麗で、美しく見えるさま」ということである。ものきよげの場合は、何が綺麗かというと、①人の容姿が美しい、②住まいの様子、住まいの見た目が綺麗だということである。この場合、モノの意味は「世間の規格通り」ということ。したがって、ものきよげな美しさとは、何か特異な点があって美しいというのではなく、「世間のきまりにかなった美しさを保っている」ということである。

①の例を挙げよう。大弐《だいに》の北の方が末摘花《すえつむはな》を九州へ連れ出そうと急に訪れた。寂しい邸は薄汚れていた。呆れるほど煤《すす》けた几帳《きちよう》を差し出して侍従が出てきた。その顔かたちはすっかり衰えて、やつれてはいたが「なほものきよげに由《よし》あるさま」をしていたとある（蓬生）。ものきよげとは「どことなく綺麗に感じられる」と訳したのでは当たらない。やつれてはいても侍従は筋

はしっかりした女房である。やはり世間の評価に耐える顔かたちは具《そな》えていて、由ある様子であった。ヨシあるとはユヱあるほどに格は高くないが、それにつぐ品位を保っているということ。薄汚い家に住んではいても、仕えている人間の顔は世間に通るしっかりしたところがあったと作者は描いた。それがものきよげである。

②の例として、夕霧が柏木を見舞ったときの模様を見よう。柏木は少し起き上がろうとしたが、ひどく苦しそうである。衾《ふすま》をひきかけて痩せさらばう姿で息も絶えつつあわれげだった。しかし、御座《おまし》のあたりはものきよげで、けはい香ばしく奥ゆかしい様子に見えた（柏木）。ものきよげとは、世間的にこれだけは保つべきこととされる部屋のたたずまいは綺麗に整えられていたということである。

晩秋、八の宮不在の山荘を薫が訪れた。名高い八の宮の琴は聞いていないが、邸に近づくと、琴の音がかすかに聞こえる。それは宇治の姉妹の合奏だった。黄鐘調《おうじきちょう》で普通の小曲であるが、所がらか耳新しく聞こえ、掻き返す撥《ばち》の音もものきよげで面白かった（橋姫）。ものきよげとは演奏として正格に合っていて美しかったということ。これは例外的な使い方だが、「どこか美しく澄んで聞こえた」のではない。

ものきよげとはこのような、世間のきまり、世間に通用する格を具えている美しさがあることを表す言葉だった。

もののべ・もののぐ・もののふ

もののべ（物部）は職員令の刑部省囚獄司《ぎょうぶしょうしゅうごくし》の条に「物部四十人。掌《つかさど》らむこと、罪人の決罰を主当せむ事」とあり、衛門府《えもんふ》の物部については令義解《りょうのぎげ》に「決罰の時に当り皆刀剣を帯ぶ」とあり、獄令の徒流囚《ずるしゅう》の条には、京では物部が衛士《えじ》と協力して罪人の監視に当たるとある。東西の市司《いちのつかさ》にも二十人ずつ配置され、長官の職掌のなかには「非違を禁察す」とある。

物部連《もののべのむらじ》の子孫である石上《いそのかみ》氏、榎井《えのい》氏は正月元日や大嘗祭《だいじょうさい》の儀式に宮城の門などに楯や戟《ほこ》を立てる役目を負っていた。物部氏は奈良時代、このように警察的な職務を持っていた。この役目はさらにさかのぼっても見られる。

仲哀紀九年、天皇の崩御に際し、大伴・物部氏らに詔して「百寮《つかさつかさ》を領《ひき》ゐて、宮中を守らしむ」とある。履中即位前紀、物部大前宿禰《おおまえのすくね》は住吉仲皇子《すみのえのなかつみこ》が皇太子の宮を囲んだことを密告して助けた。安康即位前紀、穴穂皇子《あなほのみこ》を襲おうとした木梨軽皇子《きなしのかるのみこ》が、物部大前宿禰の家に隠れたときも、大前宿禰が穴穂皇子を迎え入れたため軽皇子は自殺した。雄略紀十二年、木工闘鶏御田《こだくみつけのみた》が伊勢の采女《うねめ》を姧《おか》したと疑いがかかり、刑《ころ》そうとして「物部に付《たま》ふ」とある。同十三年、歯田根命《はたねのみこと》が采女を姧したとき、天皇は物部目大連《めのおおむらじ》にその責めを問わせ、歯田根命は罪過について賠償した。また、木工韋那部真根《いなべのまね》を責めて、野に刑《ころ》すことを物部に命じた。

これら全体を通じて物部の中心的任務は天皇家による社会秩序の維持、つまり治安と行刑《ぎょうけい》であったことが分かる。

もののべのモノを精霊、霊魂と結びつけて解する説があるが、「霊魂」はタマであり、モノは「怨霊《おんりょう》」に限られ、モノノケ（怨霊の顕現）へと展開する。古代日本語には、別の一つのモノがある。それは根本的には「不可変であること」、具体的には「社会のきまり」「運命」「変えがたい成り行き」「存在」を意味する。すでに繰り返した通りその例は多い。だから、もののべとはモノ、「社会のきまり」のための部と考えれば、それは「社会の秩序を守る部」、治安維持、行刑を監理実行するための部と解され、もののべの行った実務と言葉の理解とが一致する。

こうした秩序保持、治安が任務であれば、その基本的姿勢は保守に傾く。したがって新思想、新宗教であった仏教が輸入されると、それに反対する行動をとることとなり、物部守屋大連は仏像を焼き、塔を壊した。これは当然新しいものごとに積極的だった蘇我氏との衝突を招き、守屋は結局蘇我馬子に討滅された。これもモノ（社会秩序）の維持を役目とした物部氏の自然な成り行きだったと理解できよう。

しかし、古い伝承には、もののべは軍事、神事にかかわったとするものがある。軍事に関する古伝承としては、雄略紀十八年、物部菟代宿禰《うしろのすくね》と物部目《めの》連《むらじ》は伊勢朝日郎子《あさけのいらつこ》を征討した。また、継体紀九年、十年にわたって物部連は百済《くだら》に遣わされ、舟師五百を率いて帯《た》沙江《さのえ》に至った。同二十一年、二十二年には、筑紫国造磐井《つくしのくにのみやつこいわい》の反乱に、物部麁鹿《あらか》火大連《ひのおおむらじ》は大将軍に任じられて討伐したという。治安、警察が任であれば、それ相応の武器を持つことは当然であるが、これを大伴氏が軍事、外交専門で、刑罰のことには関わらないのと比較すれば大差がある。このような継体紀以前の記事は全体的に見て六世紀頃に祖先の事績を重くしようとした作為の傾きがあるとするのは古代史理解の常識といってよいらしい。

また、神事に関わった例は、崇神紀七年物部連の祖、伊《い》香色雄《かがしこお》を神の物班《あか》つ者《ひと》にし、伊香色雄に物部八十《やそ》平瓮《びらか》を祭神のために作らせた。垂仁紀二十五年、物部の遠祖十千《とおち》根《ね》が他の四大夫と共に神祇を祀ることをつとめよとの命を受けたなどがある。垂仁紀八十七年には石上神宮の神宝を治める勅命を受けた。これは「神宝を安全に護る」仕事であり、石上神宮には大きな武器庫があるので、その管理をしたと見られる。

物部氏は中臣《なかとみ》氏のような祭祀そのものに直接関わるものではない。六世紀以前の伝承に史実性が乏しい傾きがあるとすれば、もののべとは結局「刀剣を帯びて社会秩序の維持、処刑の実行」のための部といえる。物部が全国に分布し、阿刀《あと》物部、来目《くめ》物部または物部朴井連《えのいのむらじ》、物部韓国連《からくにのむらじ》など複姓のものが多いのも、氏族はそれぞれ警察や刑罰の仕事を必要とし、その職務に関わるもののべがいた結果ではなかろうか。

［参考］もののべは刀剣を帯びて行動したから、もののぐ（ものの具）は刀剣または武器を指した。なお、万葉集に多数のもののふがある。大部分は「八十《やそ》［多数］」にかかる枕詞で、もののべの数が多かった結果生じた語だが、いつから「武士」の意を表したのか不明である。万葉集にはもののふと訓《よ》む中に「物部乃八十」「物乃部能八十」と書いた例があり、これはもののべとも訓める。しかしもののふのフの意味は未詳で、現在説明できない。

もののふ **295**
もののべ **295**
もののほど 268
もののむくい **275**
もののゆゑ 267
ものはかなげ 286
ものはかなし **285**
ものまめやか **50**
ものみ(物見) **64**
ものみぐるま(物見車) 64,246
ものめかす 83
ものめで 267
ものものし **81**
ものわすれ(もの忘れ) 89,**134**,140,142,186
ものゑんじ(もの怨じ) **36**,261
ものを〔助詞〕 **140**,231
らう(霊) →りゃう
りゃう(霊) 240
ゑんず(怨ず) 36
をかし 85,167

もっけ(物怪・物怪・物気) 253
もの「世間のきまり」 **15**,67,198,230,235,250,261,276,289,296
もの「儀式、行事」 **63**,198,230,235,250
もの「運命、動かしがたい事実・成り行き」 **99**,198,230,235,250,277,284,
もの「存在」 **197**,230,235,251
もの「怨霊」 57,128,198,**229**,296
ものあはれ 92,173
ものいひ(もの言ひ) **28**,44,142
ものいふ(もの言ふ) 33
ものいみ(物忌) **41**
ものうし(もの倦し) 92,**114**
ものうらみ(もの恨み) 40
ものおもひ(もの思ひ) **122**,140
ものおもふ(もの思ふ) 122
ものか〔助詞〕 231
ものがたり(物語) **142**,186
ものきよげ **292**
ものげなし 83
ものこころぼそし(もの心細し) **100**
ものさびし(もの寂し) **105**,140
ものし **109**
ものす **68**,131
ものちかし(もの近し) **16**,44,140
ものとほし(もの遠し) **16**,44,149
ものにくみ(もの憎み) 40
ものねたみ(もの妬み) 40
もののあはれ 143,**164**
もののいろ(ものの色) **275**
もののぐ **295**
もののくさはひ **265**
もののけ 234,296
もののけしき **280**
もののこころ(ものの心) **270**
もののさとし **275**
もののじゃうず(ものの上手) **265**
もののね(ものの音) **265**
もののひめぎみ(ものの姫君) **261**

索　引

あはれ 142,164
いかめし（厳めし） 83
いきすだま（生霊） 128,245
いみ（忌み） 41
いむ（忌む） 41
うし（倦し） 114
うらむ（恨む） 36
おに（鬼） 231,250
おに（陰） 251
おはします 76
おはす 76
おもひ（思ひ） 126
おもふ（思ふ） 122
かたる（語る） 144
かなし（悲し） 168
かみ（神） 250
かみのけ（神の気） 236
きつね（狐） 249
きよげ（清げ） 96,292
きよら（清ら） 85,96,217
けしき 283
けぢかし（気近し） 16
けどほし（気遠し） 16
こころすごし（心凄し） 92
こころぼそし（心細し） 92,100,105
こたま（木霊） 250
こたまのおに（木霊の鬼） 250
こといみ（こと忌み） 43
ことごとし（事事し） 83
さとし 277
さとす 277
さとる（悟る） 277
さびし（寂し） 105
すぐす（過ぐす） 184
ちかし（近し） 16
といふもの 208
とほし（遠し） 16
なまめかし **210**
はか 285
はかなし 285
ひと（人） 204
まめやか 50
むかしがたり（昔語） 155
むかしものがたり（昔物語） 155
めおに（女鬼） 250
もっくわい（物恠・物怪） 253

古《こ》典《てん》基《き》礎《そ》語《ご》の世《せ》界《かい》

源《げん》氏《じ》物語《ものがたり》のもののあはれ

大《おお》野《の》 晋《すすむ》 編著

平成24年 8月25日　初版発行
令和6年 11月15日　8版発行

発行者●山下直久

発行●株式会社KADOKAWA
〒102-8177　東京都千代田区富士見2-13-3
電話　0570-002-301(ナビダイヤル)

角川文庫 17555

印刷所●株式会社KADOKAWA
製本所●株式会社KADOKAWA

表紙画●和田三造

●お問い合わせ
https://www.kadokawa.co.jp/（「お問い合わせ」へお進みください）
※内容によっては、お答えできない場合があります。
※サポートは日本国内のみとさせていただきます。
※Japanese text only

ISBN978-4-04-407103-5　C0195

角川文庫発刊に際して

角川源義

第二次世界大戦の敗北は、軍事力の敗北であった以上に、私たちの若い文化力の敗退であった。私たちの文化が戦争に対して如何に無力であり、単なるあだ花に過ぎなかったかを、私たちは身を以て体験し痛感した。西洋近代文化の摂取にとって、明治以後八十年の歳月は決して短かすぎたとは言えない。にもかかわらず、近代文化の伝統を確立し、自由な批判と柔軟な良識に富む文化層として自らを形成することに私たちは失敗して来た。そしてこれは、各層への文化の普及滲透を任務とする出版人の責任でもあった。

一九四五年以来、私たちは再び振出しに戻り、第一歩から踏み出すことを余儀なくされた。これは大きな不幸ではあるが、反面、これまでの混沌・未熟・歪曲の中にあった我が国の文化に秩序と確たる基礎を齎らすためには絶好の機会でもある。角川書店は、このような祖国の文化的危機にあたり、微力をも顧みず再建の礎石たるべき抱負と決意とをもって出発したが、ここに創立以来の念願を果すべく角川文庫を発刊する。これまで刊行されたあらゆる全集叢書文庫類の長所と短所とを検討し、古今東西の不朽の典籍を、良心的編集のもとに、廉価に、そして書架にふさわしい美本として、多くのひとびとに提供しようとする。しかし私たちは徒らに百科全書的な知識のジレッタントを作ることを目的とせず、あくまで祖国の文化に秩序と再建への道を示し、この文庫を角川書店の栄ある事業として、今後永久に継続発展せしめ、学芸と教養との殿堂として大成せんことを期したい。多くの読書子の愛情ある忠言と支持とによって、この希望と抱負とを完遂せしめられんことを願う。

一九四九年五月三日